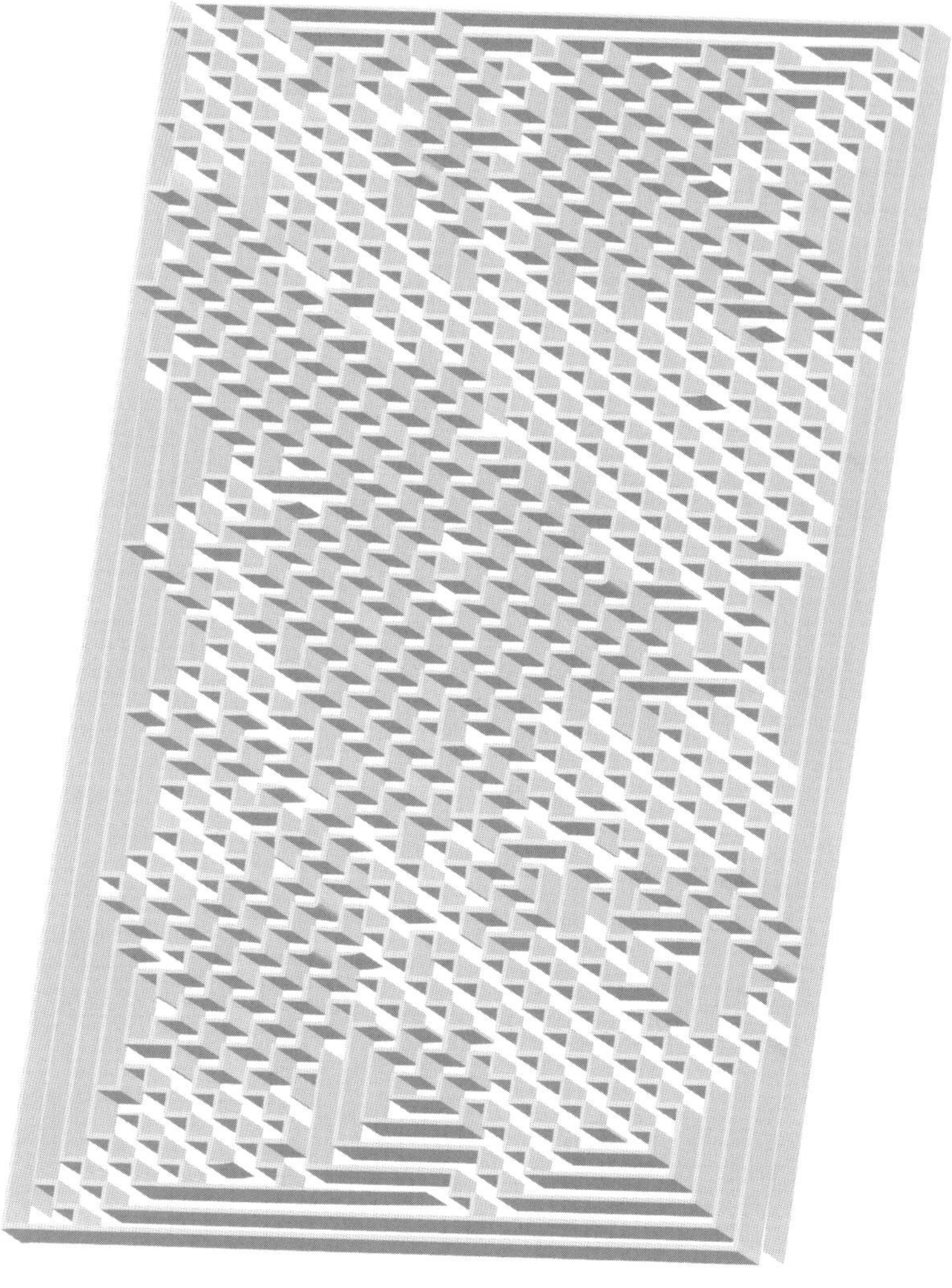

MIURA AYAKO LITERATURE MUSEUM
三浦綾子記念文学館

手から手へ～三浦綾子記念文学館復刊シリーズ⑧

広き迷路

三浦綾子

広き迷路　もくじ

カバーデザイン　齋藤玄輔

イニシアル

イニシアル

一

早川冬美《はやかわふゆみ》はけだるく目が醒《さ》めた。

冬美の足に、町沢加奈彦《まちざわかなひこ》の足がなまあたたかくからんでいる。加奈彦は静かな寝息を立てていた。畳の上の眼鏡をとり、枕もとの置時計を冬美はものうげに見た。八時少し前だ。真紅《しんく》の厚いカーテンにさえぎられて、部屋の中はうす暗い。

日曜のせいか、街もまだ静かだ。それでも時折、車のクラクションや、近くの停留所を発着するバスの音が、一つの都会の音となって、窓越しに聞こえてくる。それでいて、部屋の中は森閑《しんかん》としている。時計の音が大きいほどだ。

寝入っている加奈彦の目を醒ますまいとして、冬美はそのまま横になっていた。

(あ、今日は、五月二十七日だ!)

母の初江《はつえ》の誕生日だと気がついた。去年の今ごろは、冬美はまだ旭川《あさひかわ》にいた。高校の英語教師をしている父の尚夫《ひさお》と、歯科衛生士の母と、美容師の妹春美《はるみ》と、みんな「シのつく職業」の家族の中で、冬美だけはデパートの店員だった。その四人が、去年の今日は、旭川のニュー北海ホテルで中華料理を食べ、母の誕生日を祝った。

父の、なめらかな、いかにも英語教師らしい声音や、母の笑った目じりの皺《しわ》がありありと思い出される。きゅっと胸の痛くなるほど懐《なつ》かしかった。

加奈彦が寝返りを打って、冬美のほうに顔を向けた。品のいい通った鼻筋に、油がうすく浮いている。血色のよい健康な唇から、白い揃《そろ》った歯がのぞいている。整った顔立ちだ。閉じたまぶたの下で、目の玉が動く。何か夢を見ているのだろう。唇がかすかに笑う。と、ふいにその唇が動いて、

「カウコさん」

と呼んだ。

冬美ははっと息をのんだ。カズ子と言ったようにも、カウ子と言ったようにも聞えた。とにかく、それは冬美以外の女性の名前である。

町沢加奈彦が、冬美のつとめる銀座の三Mデパートのワイシャツ売場に現れたのは、半年前のクリスマス近い頃だった。

加奈彦は、その場からクリスマスパーティに行くからといい、試着室でワイシャツを着《き》更《が》えた。その時、加奈彦の背広のボタンが一つ、とれそうになっているのに冬美は気づいた。

「ちょっと、ボタンをつけ直してさし上げますわ」

ぶらぶらとしたボタンは、そのままではすぐに落ちてしまいそうである。

「ありがとう。親切な人だね、君は」

加奈彦は礼を言って、時間が迫っているのか、急いで去って行った。それは、冬美がデパートの店員として、客に当然のサービスをしたに過ぎないことであった。

が、翌日加奈彦は、再び冬美の前に現われて、礼を言った。

そんなことがきっかけで、時折加奈彦は冬美の職場に来るようになり、二人は急速に親しくなって行った。

「君を町沢冬美にしたい」

ある日加奈彦は、冬美に激しく迫って言った。

「しかしね、ぼくの両親が昔かたぎでね、恋愛結婚は絶対認めないんだ。ぼくが親を説得するまで、二年でも三年でも、待っていてくれるだろうか」

冬美は、東京に出て来てよかったと思った。冬美は、二度とこない青春時代を、東京という大都会で過ごしたかった。家族を離れて、自由にのびのびとやりたいことをやってみたかった。そのやりたいことの第一に「すてきな男性」との恋愛があった。

町沢加奈彦は、冬美にとって、充分に「すてきな男性」であった。年齢は六つ上の二十七歳で、K大学理学部を出、大手の建設会社に勤めている。

その家族の写真を、町沢は見せてくれたことがあった。立派な和風の庭に、モーニングを着た父親と訪問着を着た母親を中心に、同じく盛装した兄夫婦が立っていた。嫂《あによめ》はベージュ色のイブニングドレスを着ていた。

「まあ、お父さまは高級官僚と伺っていたけれど、やっぱりご立派ねえ。お母さまも美しい方だわ。鼻筋があなたに似てるわ」

「なに、大したことありませんよ。これは父が叙勲を受けた時の写真でね、兄貴がちょうどフランスから休暇で帰っていてね」

外交官だというその兄も立派だが、嫂は女王のような気品のある美しさであった。

「おねえさんはどんなうちの……」

「ああ、嫂ですか。六井財閥の当主の姪《めい》でしてね。確か大学はアメリカだったと思うよ」

事もなげに加奈彦は言った。

「あなたは写っていないのね」

「ああ、ぼくはちょうど、会社からイランに行っていた時でね」

結婚を申しこまれたのは、その数日後であった。加奈彦の親が昔かたぎだからと言われる以前に、冬美は卑下していた。

父親が高級官僚、兄が外交官、嫂が六井財閥の親戚だという家庭に、自分のような、一地方の高校教師の娘はそぐわないと冬美は思った。が、加奈彦は、そういう冬美を叱るように言った。

「人間は、みんな裸で生まれてきたんですよ。死ぬ時も裸だ。人間はみんな同じです。偉いも立派もない。ぼくにとって、大事なのは君の純な心ですよ」

　この言葉を冬美は信じた。やがて土曜日毎《ごと》に、加奈彦は冬美のアパートに泊るようになり、他《ほか》の曜日でも、十二時頃まで冬美の傍《そば》で過すことがあった。

「お母さまに叱られない？」

　加奈彦がはじめて泊ると言った時、冬美はうれしさよりも、加奈彦の母の機嫌をそこなうことを恐れた。

「母に？　どうして？　ぼくの部屋と、母の部屋は別棟《べつむね》ですよ。息子が何時に帰ったか、わかるわけがないでしょう」

「でも、お食事はご一緒でしょう」

「いや、母は母で、能やらお茶やら、忙しくてね、それに父の客もあるし……」

　冬美は加奈彦の家庭を推測することはできなかった。それは別世界のことに思われた。

「ぼくは結婚しても、二間《ふたま》ぐらいの家がいいな。ぼくの家のような、だだっ広い家は冷たくていけない」

加奈彦はその時そう言った。

(カズコかカウコか知らないけれど……)

いったい誰の名を呼んだのかと、不安になりながら、再び時計を見た。八時を五分過ぎていた。店は十時出勤だ。

冬美はいつもより少し乱暴に起きた。寝言で女の名を呼んだ加奈彦に目を醒ましてほしかった。果して、加奈彦が片目をあけた。

「もう八時?」

「そうよ」

冬美の声が固い。加奈彦は両目をあけて起き上った。

いつもは、冬美が勤めに出て行っても眠っているのだ。

「あら、起きるの」

「うん、今日は午後から、上司の家に招《よ》ばれているからね、午前中に散髪しなきゃ……」

「……」

冬美はカーテンをあけ、小さな姫鏡台に向って、髪にブラシをかけはじめた。肩までは届かぬ長さだが、つややかな黒い髪だ。まだ洗っていない素肌が肌理《きめ》こまかい。加奈彦がいつか言った。

「何というなめらかな肌だろう。肌に指がつるりとすべりそうだ。ぼくは今まで、ほんとうは眼鏡をかけた女性が嫌いだったんですよ。でも、君はちがう。その肌があまりに白くて、なめらかで、むしろ眼鏡が必需品に見えるよ。眼鏡がすばらしいアクセサリーになっているね」

その自分の肌を眺めながら、髪にブラシをかける。加奈彦は立って行って、ドアの郵便受けから新聞を持ってきた。

「ねえ」

加奈彦が新聞を開く前に言っておきたかった。

「何だい」

黄色いパジャマのまま、加奈彦はタバコに火をつける。

「何だい？」

濃い眉がかすかに上がる。

「加奈彦さん、さっき寝言を言っていたわ」

「寝言？　ほんとうかい」

「ええ、ほんとよ。カズ子さんとか言ってたわ。カズ子さんって、だあれ」

「カズ子？」

タバコの煙を加奈彦はみつめる。

「カウ子というふうにも聞えたわ」

「カウ子？　知らないなあ」

「だって、はっきりと言ったわ」

「変だな、カズ子もカウ子も知らないよ」

「ほんとう？」

「ほんとうさ。とにかく、寝言じゃ夢の中のことだからね。夢のことまで責任は持てないよ」

「別に責任があるっていうわけじゃないけど、でも、見たのはあなたよ。他の人じゃないでしょ」

「ちょっと変な理屈だな。じゃ、冬美、夢の中で人を殴ったり、けんかをしたら、あやまりに行く？」

「そりゃあ、行かないわよ」

冬美は笑い出した。笑うと顔がパッと華やかになる。

「百万ドルの微笑っていうのがあるけど、君のは千万ドルだねえ」

加奈彦は時々言う。

「カズ子」か「カウ子」かわからぬ寝言は、うやむやになった。

トーストと紅茶で簡単な食事を終え、一足先に冬美が部屋を出た。出る時も入る時も、二人そろっての行動はしない。アパートの中でうわさのタネになるからだ。部屋を出る時、冬美はふり返って言った。

「次の土曜日は、すき焼きにするわ」

「そう、そいつは残念だなあ。ぼくは、金曜から水曜まで札幌《さっぽろ》に出張の予定でねえ」

紅茶を飲みながら、加奈彦は言う。

「あら、札幌に?」

「うん」

「じゃ、うちの父か母が、札幌にあなたを訪ねてもいい?」

「会いたいなあ。しかし、それは、うちの両親のゆるしを得てからのほうが、順当だろうね」

「それもそうね」

冬美もまだ、加奈彦のことを父母に知らせてやってはいない。妹への手紙に、

「ある高級公務員の息子で、一流会社につとめている人とつきあっているの。お母さんにはまだ内緒よ」

と書いただけだ。

冬美は少しゴミのちらばっているアパートの階段を降りた。六月近い太陽が頭に暑かった。

二

　月曜日は三Mデパートの休日である。その日、まだ町沢加奈彦は札幌に出張中であった。加奈彦は水曜日に帰京すると言っていた。今までの、二度ほどの出張では、帰京の日は冬美の家に泊った。

　多分、明後日の夜は、羽田からまっすぐに冬美のアパートに来るだろう。そう思いながら、冬美は近所の美容室に行き、パーマをかけた。少し伸びていた髪を切りそろえ、パーマをかけると、どこかに行って見たくなった。

　美容室は少し混んでいて、思ったより時間がかかった。外へ出ると、もう六時を過ぎていた。まだ明るい五月の街を歩きながら、どこに行こうかと思った。毎日出ている銀座のほうに、やはり出てみたいような気がした。

　東京タワーの下を、冬美はゆっくりと歩いて行く。この塔の下を通るたびに、

（もし、大地震が来たら）

　冬美は必ずそう思う。旭川には地震がほとんどなかった。体に感ずるほどの地震は、今まで一度か二度であったような気がする。それが、東京に出てから、驚くほど幾度も地震

があった。最初のうち、冬美は地震のある度にハッと目を醒《さ》まし、廊下に飛び出したものだ。が、アパートの住民たちは、誰もそんなことをしなかった。

地震のあと、一人住まいの冬美はひどく不安だった。東京の華やかさにあこがれて出てくる時、地震は計算に入っていなかった。こんなにぐらぐらと揺れる地の上に、一千万もの人が住んでいる。それが冬美にはふしぎだった。大地は微動だにしないものだと信じていた。いや、そういうものでなければならなかった。動く大地が、冬美にはまやかしの大地に思われることがある。とにかく、足元が揺らぐのは、精神的な安定を冒されるような感じだった。

タワーの近くに、観光バスが幾台もとまっている。高校生だろうか。三角の旗を掲げたガイドのあとを男生徒女生徒が無秩序にぞろぞろと従《つ》いて、タワーの中に入って行く。ここで観光バスを見ると、もしや北海道の人たちではないかと、冬美は胸がときめく。観光バスには、四国今治《いまばり》高校としるされてあった。軽い落胆を覚えながら、冬美はプリンスホテルの方に、坂を降りて行く。

そこでふと、冬美の気持が変った。いつも眺めて通るだけのプリンスホテルに入ってみようと思ったのだ。東京のホテルというものがどんなものか、冬美はまだ一度も見たことはない。そこは冬美には、別世界のように思われてならなかった。高級な外車、デラックスな自家用車が、ホテルの広い敷地にすべるように入って行くのを、冬美はいつも、無縁のものに思って眺めていただけなのだ。

冬美はホテルのラウンジでコーヒーを飲んでみようと思った。パーマをかけた髪が、自分を華やかに見せているのが、冬美にそんな気持を起させたのかも知れない。着ているブルーのワンピースだって、やや大柄の冬美の体にしっくりと合っている。美容室を出てから、ここに来るまでの一キロほどの間に、何人かの男性から注視されたことを冬美は意識している。冬美は裏手から、プリンスホテルの敷地に入った。

広いロビーには日本人よりも、外国人の方が多かった。サリーをまとっているのは印度人だろう。アメリカ人か、イギリス人か、またはドイツ人か、冬美には判別しがたかったが、多くの外人たちが、様々な服装で歩き、立ち、または椅子に憩《いこ》っている光景は、冬美を軽く興奮させた。冬美は、サリーをまとっている印度夫人のそばに近よって行った。デパートにも外人はよく来るが、売場で忙しくしている冬美は、しげしげと眺めたことはない。

サリーという衣装に冬美は興味を持っている。一枚の布が、どのようにしてあのように優美に身にまとわれているか、しっかりと見たかった。その婦人は、濃いグリーンのサリーを身にまとっていた。冬美が近づくと、深く澄んだ大きな目が、かすかに頬笑《ほほえ》んだ。頬笑むと、その人はちょっと淋しく見えた。遠い異国に旅する人の淋しさかと、冬美は単純な興味で近づいた自分が心ない人間のように省《かえり》みられた。

と、その時、立っているその印度婦人の五メートル程向こうを、胸を張って、すっと歩いて行く男が目に入った。

「あら!?」

町沢加奈彦だった。その時、驚いて追おうとした冬美の肩を叩《たた》いた者がいる。ふり返ると、あから顔の、二メートルもあるような、大きな外人の男が、ハンカチを冬美にさし出した。

「これ、あなた、落しました」

冬美のハンカチだった。

「ありがとう」

受けとって、再びふり返った時、加奈彦の乗ったエレベーターが閉じるところであった。加奈彦の横顔が、他《ほか》の客たちの肩越しに見えたのは一瞬だった。

冬美はエレベーターのそばに走りよった。

(もう出張から帰ったのかしら)

帰ったらすぐ電話をくれるのが、今までの加奈彦の例であった。そしてその夜は、必ず冬美の部屋に泊ったのだ。とっさに冬美は、今上って行ったエレベーターを追おうと、隣りのエレベーターに飛び乗った。七、八人の客がいた。香料や体臭が、匂いに敏感な冬美の鼻をついた。

何階で降りてよいのか、冬美にはわからない。加奈彦の降りた階がわからないのだ。が、多分、加奈彦は食事に来たにちがいない。とすれば、加奈彦は和食があまり好きではないから、洋食を食べるつもりであろう。洋食堂を探せば、すぐにも加奈彦の姿を見出せると、冬美の心は弾んだ。

(もしかしたら……)

加奈彦は自分のアパートに電話をくれたのかも知れない。あるいは、今日は休日であることを知っている加奈彦は、アパートまで訪ねてくれたのかも知れない。あいにくと、冬美は美容室に行って、長時間留守であった。がっかりした加奈彦は、一人でここへ食事をとりに来たのであろう。そして再びアパートを訪ねるに相違ないと、冬美は思った。

その加奈彦の前に、今自分が姿を現したら、彼はどんなに喜ぶことであろう。その様子を想像するだけで、冬美は楽しかった。

冬美はレストランに入って行った。すっと、ナプキンを腕に下げたボーイが近よって来た。

「お一人さまでいらっしゃいますか」

「いいえ、あの、ちょっと約束の方が……」

冬美はどぎまぎした。ボーイがうやうやしく頭を下げて、

「お待ちになられますか。おつれさまは何人さまでいらっしゃいますか」

「いえ、もう、来ているはずなのですが……」

だが、見まわすまでもなく、数少ない客の中に加奈彦の姿はなかった。

「あの……また参ります」

あたふたと冬美は廊下に出た。

こうして、和食堂を探し、コーヒーショップも探した。が、加奈彦の姿はどこにも見えなかった。

冬美はエレベーターを、幾度も上ったり降りたりした。さっきみたのは、確かに加奈彦だったのだ。ハンカチさえ落さなければ、充分に彼に追いつくことができたはずなのに……。

そう思うと、ハンカチを拾ってくれたあの大きな外人の親切さえ、ありがた迷惑に思われた。

(それにしても、どこに行ったのかしら)

まさか、このホテルに加奈彦が泊るはずはない。が、もしかして、ここに上司が泊っていて、その部屋に訪ねて来たのかも知れないと冬美は思った。そうであれば、どの部屋か探しようもない。探したところで、叱られるのがおちである。何かの会合に出席するということも考えられる。

加奈彦を探すのを冬美はあきらめた。

（そうだわ。待っていればいいんだわ、エレベーターの前で）

　そう気づくと、冬美は笑い出したくなった。どんなに混み入った話があるにせよ、二時間もすれば、加奈彦は出てくるにちがいないのだ。

　一階のエレベーターの近くで、冬美は加奈彦を待つことにした。五分も経った頃だろうか、冬美は、一人の女性がエレベーターに近づいてくるのを見た。どこかで見た顔だ。と思った次の瞬間、冬美はハッとした。

（あの人だわ。あの六井財閥の……）

　加奈彦の嫂《あによめ》と、写真で知らされた女性であった。

三

ロビーを横切って、エレベーターに近づいてくるその女性を、冬美は固くなって見つめていた。加奈彦が見せてくれたあのベージュ色のイブニングドレスを着た嫂というひと、そのひとはもしかしたら自分とは義姉妹《ぎきょうだい》になるかも知れないひとなのだ。白地に藍色《あいいろ》の幾何《きか》模様の和服が、ひどくモダンに見えた。着物を着ても服を着ても、際立《きわだ》っている。冬美は自分が惨《みじ》めにさえ思われた。

その冬美の思いにはかかわりなく、加奈彦の嫂というそのひとは、冬美の傍《そば》に立った。エレベーターは九階に上っていて、まだ降りてこない。

「あの……もしかしたら、あなたさまは、鈴木さんでは」

冬美はわざと町沢の名を出さずに聞いた。その人はちらりと冬美を見たが、

「お人ちがいでしょう」

ひどく冷たい声音がかえってきた。いや、冷たいというより、蔑《さげす》むと言ったほうが当っているような表情であった。冬美は屈辱感に顔が赤くなった。町沢という名を出さなかったのは、冬美としては、

「いいえ、わたくし町沢です」

という答えを期待しての問いかけのつもりだった。町沢かと尋ねるのは、あまりにあらわで、加奈彦との関係が、まだ二人だけのものであることに冬美は遠慮したのだ。

「あっ、ごめんなさい。確か町沢さんでしたわね」

冬美は反撥《はんぱつ》を感じて、女を凝視《ぎょうし》した。女の目がちらりとかげり、

「お人ちがいでしょう」

同じ言葉を残して、まるで汚らわしいものでも見るように不快な表情を見せた。

エレベーターが開いた。女は乗った。共に乗るつもりだったが冬美はやめた。

(何という高慢な女だろう。六井財閥か五井財閥か知らないけれど……)

金持の娘であることが、そんなに偉いのか。自分の才覚で儲《もう》けた金でもあるまいし……と冬美は腹を立てた。エレベーターの近くの椅子に戻った時、どんなことがあっても加奈彦の妻になると、冬美は固い決意をしていた。今までは、あの家族の写真を見せられてから、何か肩身の狭いような思いがして、こんな別世界に、自分は住むことはできないと、半ば諦《あきら》める気持がないではなかった。が、今あの写真の娉なるひとに冷たくあしらわれたとたん、冬美のきかぬ気が頭をもたげた。

(何よ、あの高慢ちきな顔ったら)

写真を見せられた時の、あの女王のような気品ある美しさに心打たれたことが口惜《くや》しくさえあった。

(……でも、あるいは別人かも知れないわ)

ふっと、冬美はそう思った。が、あの背かっこうと言い、中高な顔の切れ長な目や、品のいい鼻筋だって、あの写真にそっくりだ。あんな美しさがそうざらにあるとは思えない。

(別人じゃないわ)

瞼《まぶた》に焼きついている加奈彦の嫂《あによめ》の顔を、今の女に重ねてみた。どうしても別人とは思えなかった。

あの嫂は、きっと加奈彦と同じ会合に出るのではないか。何か親戚の集まりでもあるのかも知れない。今に自分もその一人として出ることのある会かも知れない。と思いながら、冬美は加奈彦の現れるのをじりじりする思いで待っていた。

が、一時間たっても、二時間たっても、加奈彦は姿を現わさない。冬美はいらいらとした。今か今かと待って、とうとう四時間待った。が、加奈彦を見ることはできなかった。そして、あの高慢な女性も戻ってはこなかった。がっかりした思いで、冬美は自分のアパートに戻った。

四

土曜日が来た。いつものように、加奈彦が冬美の部屋に現われたのは、午後五時過ぎであった。

「北海道はどうだった」

冬美はつとめて明るい声でいう。加奈彦が腕に抱えていた背広を、冬美はハンガーにかけた。

「ああ、北海道はいいなあ。すばらしい新緑だったよ」

「そう、いつ帰ってらしたの」

「うん……水曜日さ」

うんといった返事のあと、水曜日さというまでの間が、少し長かったと冬美は思う。水曜日であるはずがない。プリンスホテルで加奈彦を見かけたのは、月曜日なのだ。それともホテルで見かけたのは別人だというのだろうか。

「そう。じゃ、予定どおり水曜日にお帰りになったのね」

仕かけていたハンバーグを焼くために、冬美はガス台の前に戻った。フライパンを火にかけ、充分に熱して、一度ぬれぶきんの上におく。料理の本にあったように、冬美は忠実にやる。

「北海道に行っていると、空気の悪い東京に帰るのがいやになるよ」

加奈彦は座布団の上にあぐらをかいている。冬美が加奈彦のために買って来た座布団だ。

「そうでしょう。でも、旭川みたいな人口三十万の小さな街にいると、何か東京って夢があるのよ。人間の数が多いと、いろいろな可能性があるように思うのね」

「それがまちがいのもとさ。成功の可能性も多いが、失敗の可能性も多いのだよ」

いつものやさしい加奈彦の声だ。

（この人が、嘘をいうわけがない）

冬美はそう思いたい。が、つい四、五メートル先をエレベーターに向って歩いて行った加奈彦、そしてエレベーターの中で横顔を見せた加奈彦と、二度も見てまちがうはずがないと冬美は思う。

食事がはじまる。

「冬美は、料理がうまいなあ。こんな奥さんをもらったら、一生外食をしないですむと思うよ」

「ありがと」

「どうして、うちのお手伝のハンバーグはああ焦げ臭いのかな」

「ね、加奈彦さん、あなたほんとにあたしと結婚するつもりなの」

「むろんさ。どうしてそんなことを聞くの」

「ううん、女って、いつも確かめておきたいものなのよ。ほら、よくいうじゃない。女はいくつになっても、あなた愛している？　って、日に三度も尋ねるもんだって」

「へえー、それは初耳だ。女って疑《うたぐ》り深いんだな」

「仕方がないわ、加奈彦さん。女は子供を生むのよ。自分を愛してくれてもいない男の子供なんか、生みたくないのよ。本能的にね」

「本能的にか。男はまた本能的に……」

言いかけて加奈彦は口をつぐんだ。

「なあに、男は本能的にどうだっていうの」

「ううん、まあ、いいじゃないか」

「ごまかさないで。男は本能的に、多くの女性に子を生ませたいって、おっしゃりたかったんでしょう」

「いやだなあ。ちゃんとわかってる、うちの奥さん」

二人は笑った。うちの奥さんといった言葉が、冬美の心をくすぐる。月曜日に帰っていながら、水曜日に帰ってきたという加奈彦の嘘を、問いつめたいと思いながら、しかし一方では、そんなことは今はどうでもいいような気もしないではない。

冬美が、敷布団の上にシーツを敷くのを待ちかねたように、加奈彦は冬美を抱きよせた。

「待って。ちょっと待ってよ、加奈彦さん」

「何だい。じらしちゃいけないよ」

「そうじゃないの。ほんとうに結婚してくれるって、約束してほしいのよ」

「なんだ、それはさっき言ったばかりじゃないの」

「でも、なんだか女って、不安なのよ」

「だから前に言っただろう。うちのおやじたちを説得するまで、待ってくれって。そしたら君は、二年でも、三年でも待つと言ってくれたじゃないか」

冬美の髪をなでながら、加奈彦はなだめるようにいう。加奈彦の口に今喫《す》ったタバコの匂いがする。

「ええ、でもね。せめてわたし、エンゲージリングでもほしいのよ」

「エンゲージリング。なあんだ。そんなもので安心できるの、女って」

「そりゃあ、絶対的じゃないかも知れないけれど。でも、わたしとあなたの名前の刻まれた指輪をはめていたら、すごーく安心だと思うのよ」

「なあんだ、それじゃまるでおまじないじゃないか。まあいいさ。それでぼくを信頼できるというんなら、そのうちに持ってきて上げていいよ」

「ほんと、加奈彦さん」

冬美は加奈彦の首に腕をからませた。むっちりとした腕が、うすいピンクのネグリジェの下に透けて見える。加奈彦はじっと冬美を抱きよせ、ネグリジェのフックを片手で乱暴に外した。白い胸が豊かに現われた。

「ねえ、加奈彦さん」

加奈彦の荒い息が静まってから、冬美はいった。

「何だい」

やや気《け》だるく加奈彦が答える。ことが終っても、加奈彦は直ちに背を向けて寝るという男ではない。疲れを知らぬ若い体なのだ。

「わたしねえ、この間、月曜日の夕方よ、加奈彦さんそっくりの人を見たわ」

「月曜の夕方？　どこで？」

「プリンスホテルよ」

一呼吸おいてから、加奈彦は、

「プリンスホテル？　ほう、ぼくが北海道に行っている間のことだね」

「そうなの。でも、あなたにそっくりの人だったわ。あたし、加奈彦さんって、追いかけようとしたのよ」

あいにくハンカチを落して、うしろから呼びとめられ、その間にその男はどこかの階にエレベーターで上ってしまったこと、そして食堂を探しまわったことを、冬美は話した。

「ふうん、そうかい。それはご苦労さんだったね。ぼくは月曜の夕方、どこにいたかな。札幌大通り公園のライラックを見て、ぶらぶら歩いていた頃かな」

ほんとうにあれは加奈彦ではなかったのだろうか。平然と答える加奈彦を見ていると、何だか自分の目の錯覚であったような気がしてくる。が、あれは決して別人ではなかった。確かに加奈彦だった。冬美は事をはっきりさせたかった。何のためにこの人は嘘をいっているのか。あるいは、北海道に行ったことも嘘ではなかったのか。それとも、予定より早く帰京し、それを言いそびれて嘘を言っているのだろうか。加奈彦の嘘を追いつめたほうがいいのかどうか。迷いながら冬美は言った。

「そうなの。あれが加奈彦さんでなかったなんて……」

「そうであるわけがないじゃないか。ぼくは札幌にいたんだもの。それにしても、冬美がまちがうくらいぼくに似ている男がいるなんて、気味がわるいな。しかしこの世には、自分に似ている人間が、三人いるそうだから……」

「そうね、そういうわね」

あくまでも白《しら》を切る加奈彦をじっと見ながら、冬美は言った。

「他人の空似といえばね、加奈彦さん、わたしあの時、あなたのお嫂《ねえ》さんにそっくりの人を見たのよ」

「ぼくの姉？　ぼくに姉なんか、いやしないよ」

「あら、いつか写真で、ほらフランスだか、どこだかの外交官のお兄さんのお嫁さんよ、六井財閥の娘さんとかって……」

「ああ、嫂《あによめ》か。ねえさんなんていうもんだから……」

ややあいまいな加奈彦の返事に解《げ》せぬものを感じながら、

「あたしね、てっきりあの写真の方だと思っちゃって、町沢さんですかって、聞いちゃったのよ」

「………」

黙ったまま、加奈彦は眉根《まゆね》をよせて冬美を見た。

「あたしって、早とちりね。お人ちがいでしょうって、とても馬鹿にしたような顔で、あたしを見たのよ。あなたのお兄さんのお嫁さんなら、町沢さんよね。でも人ちがいで、あたし安心したわ」

「………」

「だけどね、あたし、先に加奈彦さんがエレベーターで、どこかに行ったと思いこんでいたでしょ。だからてっきり、おねえさんがあなたと同じ所に行くと思いこんだのよ」

「馬鹿だなあ、冬美は。君、眼鏡の度が合わないんじゃないの。第一、ぼくがそこのホテルまで来ていて、君に電話をかけないってこともないだろう。それに、ぼくと嫂が二人っきりで、ホテルでなんか会うわけがないじゃないか」

加奈彦は寝返りを打った。

「あら、二人っきりだなんて、あたし言いやしないわ。町沢家の関係の何か集まりでもあるのかしらと思ったのよ」

「ま、そんなこと、どうでもいいじゃないか。かわいい冬美だ」

加奈彦が裸の胸に冬美を抱きよせると、冬美はこのままだまされているふりをしているほうが、得策かも知れぬと思った。もしかしたら、あれは本当に加奈彦であり、嫂だったのではないか。そして二人は、二人っきりのひと時を、あの夜ホテルで持ったのではないか。

醒《さ》めた思いで、冬美は加奈彦に抱きよせられていた。

五

約束どおり加奈彦がエンゲージリングを持って来たのは三週間程経ってからだった。

「まあ！　ほんとに持ってきてくださったのね」

何となく加奈彦を疑っていた冬美は、思わずそう叫んで紫のビロードの小箱を開けた。小さなダイヤの、それは余り立派な指輪ではなかったが、とにかく二人の名のイニシアルが刻みこまれていた。それから三カ月ほどは、冬美の最も幸せな時といってよかった。一度箱根にドライブしたこともあったし、ほとんど毎土曜、加奈彦は冬美の部屋に泊まった。

「こんないい肌は、日本中探してもないんじゃないか」

加奈彦は、並んですわっている時でも、冬美の腕やひざや、首筋にふれたがった。冬美は、男というものは、こんなにも肌の感触を楽しむものかと、やや呆《あき》れながらも満足であった。

その加奈彦が、九月に入ってから次第に足が遠のいて行った。が、決して無断で遠のきはしなかった。土曜日の午後になると電話をかけて来、

「また今日もかり出されるんだよ。全くついちゃいないよ」

加奈彦の話では、会社は今、社長派と専務派の対立が激しく、加奈彦の課長は専務派だ

という。マージャンの名目で、何かと専務の家に人が集められ、社長追放の謀議にふけっているのだという。

「派閥争いなんて、全くくだらないよ。ぼくとしちゃあ、何派であろうとかまわないことでね。月給さえ確実に上がっていけば、いいわけなんだがなあ」

今のところ専務派が優勢だという。どちらかといえば、社長はおっとりとしていて、やり手の専務に突き上げをくらっているらしかった。が、手腕においては、その専務にひけをとらぬ常務が、社長派にまわっていて、今では専務と常務との対立が熾烈《しれつ》になっているということだった。

「社長には息子がいないものだからね。みんな虎視眈々《こしたんたん》さ」

そんな話は、冬美には何の興味もなかった。社長の後をつぐのは、冬美にとっては、誰でもいいことだった。必ず社内の者が社長になるとは限らないだろうということを、ちらりと思っただけだった。そんなつまらぬ争いにまきこまれて、加奈彦と会う日が少ないことのほうが、問題であった。

「だからね。冬美。君に電話をかけることだって、ままならないんだよ。会社からはね。何せ、交換手がこれまた二派に別れていてね、電話はいつも盗聴されていると思っていいんだ。だから君も、電話などかけてこないでほしい。専務派のぼくが、女友だちが多いなどと、たちまち喧伝《けんでん》されては、課長に顔向けがならんからね」

加奈彦の話では、社内には絶えずデマが飛びかっているということだった。別に土曜日の夜でなくても、以前のように水曜日でも木曜日でも、訪ねてくれればよいと思うのだが、なかなかその暇さえないというのである。

「全く非常識なもんだよ。なんせね、毎日マージャンなんだ。何組もね、専務宅に日参さ。万一都合が悪くて集まらなかったら、大変だよ。この間もね、ある男がさ、奥さんが具合が悪いっていうんで、来なかったんだ。それでたちまち、あいつほんとに女房が病気なのかって、さんざんさ。ぼくが見舞にやられてね。そしたらほんとに、盲腸で入院していてね。まあ、そんなもんだよ。男の社会は」

九月になって、急になぜそんなに集まらねばならなくなったかは、冬美にはわからなかった。

「問題が煮つまってきてね」

とだけ、加奈彦は言った。時々冬美は、プリンスホテルで言葉を交わした、あの驕慢《きょうまん》な女を思い浮かべた。もしかしたら、加奈彦は自分から心が離れたのではないか。十月も半ばになると、冬美の心は次第に重くなっていった。

その日は秋晴れの金曜日であった。勤めてはじめて、冬美は勤務を休んだ。別段体が悪いわけではなかった。加奈彦に会わぬ日がつづくと、いらいらとして夜も眠れなかった。たまに、思いっきり寝坊をしてみたかったのだ。今朝は、遂に十時半まで冬美は眠った。久しぶりに眠り足りて、どこかに出かけたくなった。できるなら、加奈彦の会社を訪ねてみたいと思った。が、それは許されぬことだ。

冬美は、ふっくらとした指にはめた、エンゲージリングを見つめた。手を静かに動かすと、ダイヤの光芒《こうぼう》が様々に変わる。この頃、淋しくなる度に冬美は、いつもそうするのだ。じっと見つめていると、心が安らいでくる。加奈彦からもらった指輪がこの指にある限り、二人の間には、強い絆が結ばれていると信ずることができるのだ。指輪を外して、その裏に刻まれたK・Fのイニシアルを見つめ、再び冬美は指輪をはめる。心が軽くなっている。

指輪が冬美に確信を与えた。加奈彦の足が遠ざかっていようと、心は遠ざかってはいないのだ、と冬美は思う。加奈彦に会いたいと思った。早速冬美は、加奈彦がよく似合うと言った黄と黒のチェックのブラウスを着て、家を出た。急いで車に乗って行けば、昼食を加奈彦と共にすることができる。加奈彦の会社のすぐ近くに行って電話をかければ、加奈彦もいやとはいうまい。会社には電話をかけるなと言われてはいる。しかしそれは始終かけてよこすなということであって、絶対にかけるなというわけではないと、冬美は解釈した。

加奈彦に電話をかけるということだけで、冬美は軽い興奮を覚えていた。ふるさとの旭

イニシアル

川は、もう紅葉の盛りだろうと思いながら、冬美は車を拾った。

イニシアル

吸殻

吸殻

一

加奈彦《かなひこ》の勤める建設会社は、確か歌舞伎座《かぶきざ》に近いと冬美は聞いていた。歌舞伎座の向かいのあたりで冬美は車を降り、鮨屋の店先にある赤電話に寄って行った。

バッグの中から小さなノートを出し、控えておいたナンバーを確かめ、いくぶん不安な思いでダイヤルを廻《まわ》す。指先に埃《ほこり》の感触が不快だった。東京の赤電話は、どれもいつも、うっすらと汚れていると、瞬間冬美は思いながら、受話器を耳に当てた。

「KB建設でございます」

気持のよい交換手の声がした。

加奈彦は、交換手も社長派と専務派に別れているといっていた。その言葉を思い出しながら、冬美は加奈彦の名を告げた。

「少々お待ちくださいませ」

という涼しい言葉につづいて、しばらく沈黙があった。冬美は傍《そば》の鮨屋のショーウィンドーに並んだサンプルの折り詰を眺めながら加奈彦の声を待った。まちがって交換手が電話を切ったのではないかと思うほどに、受話器には何の音もしない。もう一度かけなおそうかと思った時、やっと加奈彦の声がした。

「ああ、もしもしお待たせしました。町沢ですが」

久しぶりに聞く声だった。ほっとして、

「もしもし、あたし、冬美よ」

「ああ、しばらくでした。何かご用でしょうか」

「いいお天気ねえ。あたし歌舞伎座前のお鮨屋さんのところに来ているの。おひるを一緒にできないかしら」

「ハ、かしこまりました。では恐れ入りますが、東急ホテルの一階のグリルでお待ちねがいたいと思います」

電話が切れた。他人行儀な声に冬美はくすくすと笑った。なるほど加奈彦のいっていたとおり、会社に女の電話がかかることはタブーらしい。しかし怒ったような声ではなかったと、冬美は安心した。

東急ホテルがどこにあるのか、冬美は知らない。その時、冬美のそばを通りかかった四十前後の紳士がいた。グレイの背広を無造作に着、それがまた身についた男性である。

「あの、恐れ入りますが、東急ホテルはどのあたりでしょうか」

紳士は立ちどまり、冬美を見た。一見してあたたかい人柄を感じさせるまなざしであった。眉も目もややさがってはいるが、とおった鼻筋と、ひきしまった唇が、その顔立ちを品よく見せている。

「今、ぼくも東急ホテルに行くところです。ご案内しましょう」

「ありがとうございます」

冬美は、ふしぎなほど素直な気持になった。それは高校時代、好きな受持教師の前に出た時のような気持だった。

「この頃東京にいらっしゃいましたか」

濁りのない声だ。何かこちらの心を明るくしてくれるような声である。

「ええ、この辺には来たことがないものですから」

「ぼくだって、東京生れだけれど、東京の隅《すみ》から隅まではわかっていませんよ。どちらから?」

「北海道の旭川《あさひかわ》からです」

曲り角を右に曲った。行く手に〈婦系図《おんなけいず》〉と大きく書いた看板が出ている。新橋演舞場である。

「ああ、旭川ねえ。ぼくの従弟《いとこ》が旭川にいますよ。北海道というのは、女の人のきれいな所ですね」

少しもおもねた感じに聞えないのが、ふしぎだった。

「ここが東急ホテルです」

大きなバスから、男女の外人客たちがぞろぞろと降りてきていた。

「ありがとうございました」

中に入って、どちらがレストランかと見まわすと、

「どこへいかれます」

紳士が言った。

「あの……一階のグリルなんです」

「ああ、グリル銀座ね、ぼくも行くところです」

「まあ」

二人は親しい者のように、顔を見合わせて笑い、肩を並べてグリル銀座に入って行った。

割合客がこんでいた。

「ありがとうございました」

再び冬美はいい、窓際《まどぎわ》のあいた席にすわった。紳士はその三つ手前の席にすわった。加奈彦と久しぶりに会うには、少し明る過ぎると思いながら、冬美は眼鏡を外して拭《ふ》いた。眼鏡を外すと、一人一人の輪郭がぼやけて見える。眼鏡をかけて冬美は腕時計を見た。ちょ

うど十二時だった。間にあってよかったと思った。もう少し遅ければ、加奈彦は食事をしに外に出てしまったかも知れない。黄のモンキーコートに黒のネクタイをしたウエイターが水を持ってきた。バックミュージックが流れ、食器の触れ合う音、人の話し声が一つになっている。

息をつめるようにして、冬美は入口のほうを見まもった。ここから加奈彦の会社まで、どのくらい離れているのか、何分ぐらいかかるのか、そう思いながら、誰かが入ってくる度に、加奈彦ではないかと緊張した。そんな自分がふっとこっけいに思われて、先ほどの紳士がすわった席に目をやると、紳士の前にもう二人の男がすわっていた。その向うに、紳士がこっちを向いて何か男たちとしゃべっている。ふと冬美のほうを見て、紳士がにこりと笑った。が、すぐにまた話しはじめた。

(何か相談したいような人だわ、頼りになりそうな……)

そう思いながら、再び入口に目をやった時、加奈彦の入って来る姿が見えた。加奈彦は入口で立ちどまり、ぐるりと中を見まわした。と、冬美を見つけて、真っすぐに歩いて来たが、途中でハッとしたように立ちどまった。そして、ていねいに誰かに挨拶をした。その視線を追うと、さっきの紳士と、そのつれの男たちが軽く礼を返していた。緊張した表情のまま、加奈彦は冬美の前に来た。一度紳士たちのほうをふり返ってから、浮かぬ顔で加奈彦はすわった。

「なんの用だい、いきなり電話なんぞかけてきて。会社に電話をかけちゃいけないって、いっておいただろう」

不機嫌に加奈彦は冬美を見た。

「あら、そんなに怒らなくてもいいのに。あんまり来てくれないんだもの。あたしだって会いたいわ」

一瞬にして期待を破られた冬美は、ダイヤのエンゲージリングをちらりと見た。

「こっちはそれどころじゃないんだよ。だから、いっただろう。会社はいま大変なんだって」

「でも、婚約している者が、電話もかけられないなんて、そんなのおかしいわ」

「婚約?」

ボーイが加奈彦に水を運んで来た。

「何を食べる?」

「何でもいいわ。食べなくてもいいわ」

冬美は怒っていた。

「じゃあ、チキンソテーにでもしようか」

冬美が返事をしないと、加奈彦はボーイにチキンソテーを二つ注文し、

「なんだ、冬美はぼくにふくれっ面《つら》を見せにきたのか」

「ちがうわ、会いたくてきたのよ。それなのに何よ、いきなりあたしを怒って……」

冬美の目に涙がさっと走る。

「そうか、それは悪かったね」

涙を見た加奈彦は急にやさしい表情になって、

「ごめんよ冬美」

と、顔をのぞきこんだ。

「ううん、でも、いやだわ、ちっとも会いに来てくれないんだもの」

「ねえ、冬美、三つおいてうしろにいる男たちね、こっちを向いている男がいるだろう。あれが、いつかいったやり手の常務なんだよ」

「そう」

さっき案内してくれた人だといおうとして、冬美は黙った。いって加奈彦の機嫌をそこなうかどうかわからない。

「しまったな」

「何が？」

「君といるところを見られてさ」

「あら、いまは休み時間でしょ。誰と会おうと、あなたの勝手じゃない？」

「それがさ、何せね、常務は社長派なんだ」

必要以上に加奈彦は声をひそめる。

「あたしとここで会っているからって、まさかくびにもしないでしょ」

「いやあ、どんなデマを飛ばされるか、とにかく、悪宣伝には使われるよ」

「まあ！　どんなふうに」

「たとえばさ、君と会っていたのに、どこかの人妻とホテルに入って行ったとかさ。ホステス二、三人とふざけていたとかさ」

「まさか、大の男がそんなつまらぬうそをいうもんですか」

「いやあ、大の男だからこそ、デマをつくることにかけては巧妙なんだ。何しろ会社が専務派に占められるか、社長派が守りきれるかという境目だからね」

いよいよ声を低める。

二

チキンソテーが運ばれてきた。狐色《きつねいろ》に焼けたチキンが、熱い鉄板の上でじゅうじゅう音を立てている。加奈彦は自分のチキンに塩とコショーをかけ、さっさと食べはじめた。その塩とコショーをを冬美は手をのばして取った。

（この人、自分の使った塩やコショーを、あたしのほうに差し出すこともしない）

冬美は淋しい気がした。

「とにかくさ……困ったことができたんだ」

チキンソテーを黙々と食べていた加奈彦がいった。

「困ったことって、なあに？」

「食べてから話すさ」

冬美は加奈彦の顔をちらりと見た。加奈彦は眉根《まゆね》をよせ、たてじわを一本眉間《みけん》につくって、険《けわ》しい表情で食べている。

冬美は加奈彦の向うに見えるさきほどの紳士を見た。明るい笑顔がその前にいる男たちに向けられている。

（あの人が社長派の常務……）

　常務の視線が冬美と会った。常務はうなずくように軽く首をふり、冬美に笑いかけ、すぐに視線を外した。時々常務は、冬美のほうに注意を払っているように見えた。笑顔を返した冬美を見て、加奈彦は咎《とが》めるようにいった。

「誰かいるの？　知っている人でも」

「ううん、いないわ。東京にはあなたしか知っている人なんかいないもの」

　うっとうしそうに加奈彦はパンをちぎり、

「大げさなことをいうなよ。君の職場にだって、アパートにだって、顔見知りは何人もいるだろう」

「顔見知りなんて、知らないも同然よ。毎日通る道ばたのポストと同じことよ。見て知ってるだけよ。話して知っているのじゃないわ」

「話し合ったって、どれほど知ったことになるのかなあ」

　退屈そうに加奈彦がいった。

　食べ終った加奈彦がタバコに火をつけ、ぼんやりと目を外に向けながら、

「三月か」

　とつぶやいた。

「三月？　何が」

「いや、なに日ざしが三月みたいだと思ってさ」

何かごまかされたような気がした。冬美は、タバコをくゆらしている加奈彦に目をやった。濃い眉の下に、かげりのある目が冬美の心を惹く。こんな男性が、自分の恋人なのだと思うと、冬美は信じられないような気がした。

冬美はチキンソテーを半分ほど残した。コーヒーが運ばれてきた。

「ねえ、いまさっき、困ったことができたっていったでしょう」

「うん……まだいるか、上原常務は」

「いらっしゃるわ」

「どうも、悪い所に来ちゃったなあ。あの常務は、ぼくをマークしてるんだよ」

「それが困ったことなの？」

「いや、ぼくが専務派である以上しようのないことだけどさ。困ったことというのは、別のことさ」

「なんなのよ。その困ったことって？」

加奈彦は黙って冬美をみつめていたが、小声で、

「冬美、君はぼくに本気なのか」

「当り前じゃないの。これを見てよ」

エンゲージリングを冬美は顔の高さに上げて、手の甲を加奈彦のほうに見せた。加奈彦はちょっと眉根をよせ、コーヒーを一口飲んで、

「ほんとうに愛してるんなら、ぼくの苦しい立場もわかってくれると思うんだがね」

「だから、おっしゃいよ。わたしでできることなら、してあげるわ」

「ほんとかい、冬美。じゃあ、いうけどね、実は縁談があるんだ」

「えっ!?　縁談?」

冬美は耳を疑った。

「うん、まあそんな顔するなよ。それがね、実は専務の娘なんだ。課長からそれをいわれてね」

「…………」

「どうしたらいいかと思ってねえ」

冬美の目が大きく見ひらかれた。顔色が青ざめ、体が小きざみにふるえている。

「どうしたらいいって、どういうこと?　加奈彦さんには、わたしがいるじゃないの。そのことをはっきり課長さんにいってくださればいいじゃないの」

声がたかぶる冬美に、加奈彦はあわてて、

「あんまり大きい声を立てるなよ。常務たちがいるんだから」

「常務がいようが、社長がいようが、そんなこと、かまわないわ」

　そうはいったが、冬美も声は低めた。

「まあ、あとまでよく聞けよ。しょうがないなあ」

「なんと返事をしたのよ。返事によってはあたし、課長にでも専務にでも会うわ。これこのとおり、エンゲージリングももらっていますって、はっきりいうわ」

「わかったよ。ぼくだってさ、冬美と結婚したいから、むろん冬美のことはいったよ。しかしね、課長としては専務に義理があってね」

　加奈彦はあたりをうかがいながらいう。その時、上原常務がつれの男たちと立ち上がった。上原常務は冬美を見て片手を上げ、ニコリと笑った。冬美は立ち上がって、ていねいにお辞儀をした。思わず加奈彦がふり返った。出て行く常務を見て、加奈彦もあわてて立ち上がって一礼した。

「何だい、君、上原常務を知ってるのか」

　常務が出て行ってから、加奈彦はおどろいていった。

「知らないわ。向うでこちらにお辞儀をしたから、礼を返したのよ」

「ふーん。常務が君にお辞儀をしたのかい」

「あなたのつれだからでしょ」

「馴《な》れ馴《な》れしい奴《やつ》だ」

「ちがうわ、礼儀正しいのよ、あの方」

「いやに肩を持つじゃないか」

「そりゃ、そうよ。お辞儀をされて、気持の悪いことはないわ。第一、あなたに娘をもらってくださいっていったのは、専務でしょ。わたし、その専務は大っ嫌いよ。常務さんは対立者でしょ。いってみれば、あたしとおなじ立場よ。肩も持ちたくなるわ」

「とにかくさあ、ぼくは、課長に冬美のことをいったんだ。だけど課長としては、なんとしてもこの際、専務の娘と結婚してほしいっていうんだよ」

「そんなの無茶よ。ひどいわその課長」

「そりゃあ、全く冬美のいうとおりさ。しかしねえ、そこが男の世界のつらいところさ。実はこの頃課長にちょっとしたミスがあってね。あの常務にそのしっぽをおさえられちゃってさ、危うく北海道に飛ばされるところだったんだ。いや、もしかしたらくびになるところだったらしい。その課長のくびをつないでくれたのが専務でね。つなげない首をつないでくれたものだから、課長としては苦しい立場だというわけさ」

　加奈彦は身をのり出して熱心に語る。

「そんなこと、わたしに関係ないわ。専務だっておかしいわ。何も課長を通さずに、あなたに直接話をすればいいじゃない？」

「そう思うだろう、だがねえ、結婚なんて、デリケートな問題だからね、業務命令とちがうんだ。専務にしてみると、専務から直接話をしては、何かの事情で断わるにしても、断わりづらいだろうという配慮があったのさ。それに……」

「…………」

「課長がもしくびにでもなれば、ぼくだって巻き添えを食ったかも知れないんだ。いってみりゃあぼくだって、専務に大きな借りができたってことにもなるしね」

「…………」

「そうでもなきゃあ、ぼくだってあっさりと断わることもできるさ。ぼくとしちゃあ、課長のせわでこの会社に入ったわけだし、それからずうっとかわいがってもらっているわけだし、課長の立場を考えりゃあ、どうしたらいいかわからないんだよ。こんな話、きょうこんな所でするつもりじゃなかったけれどねえ」

「…………」

「怒ったのかい。ぼくの立場がわからないの？　冬美は利巧な女だから、わかってくれるとぼくは思っていたんだがなあ」

「……加奈彦さん、あたしにどうしろっておっしゃるの」

「それは……ぼくの口からはいえないよ」

冬美の顔がこわばった。

「わかったわ、この指輪を返せっていいたいのね。結婚の約束はなかったことにしてくれって、いいたいのね」

「………………」

「ね、そうでしょ。あなたの口からいえないってことは、そういうことでしょ」

「………………」

「わかったわ。あなたは専務の娘さんと結婚して、出世したいのね。そういう情ない人だったのね。でも、おあいにくさま、あたし別れないわ。死んでも別れないわ。殺されても別れないわ」

冬美の言葉に気圧《けお》されて、加奈彦はいった。

「まあそう単純に結論を出すなよ。今夜君のところへ行くよ。行って、ゆっくり話し合おうじゃないか」

「何を話し合うのよ。話し合うことなんか、ないじゃないの」

「女って、どうしてこう、すぐカッとするんだろうなあ。これじゃ、相談のしようも何もないじゃないか」

「だって、相談する余地なんか、ないでしょ。もし、あたしたちが結婚してたのなら、どうなるの。それでも別れてくれって、課長がいう?」

「そりゃあ、いうわけはないさ」

「もう、あたしとあなたは他人じゃないのよ。籍が入ってないだけよ。結婚してるのと、ほとんど同じなのよ。いいわ、あたし、専務さんのところに行って、断わって上げてもいいわ。そういう相談なら、あたし乗って上げてよ」

冬美は変に冷静な口調でいった。それは加奈彦の知らない冬美の別の顔であった。

三

加奈彦は憂鬱《ゆううつ》な顔で机に向っていた。その加奈彦の顔を、電気スタンドの光が照らし出していた。持ったタバコの灰が長くなり、崩れ落ちそうになっているのも気づかない。土曜日の夜だというのに、今夜加奈彦は神妙に家にいる。珍らしいことだった。

(冬美の奴!)

昨日の昼、会社に電話をかけて来て、食事をした時の冬美との会話を思いながら、加奈彦はため息をついた。

(冬美なんかに手を出すんじゃなかった)

幾度かくり返し思ったことを、加奈彦は思った。

最初は加奈彦も本気だった。ワイシャツ売場の冬美が、客の加奈彦の背広のボタンの取れそうになっているのを見、

「ちょっと、ボタンをつけ直してさし上げますわ」

といった時、

(こんな女性を妻にしたい)

と、加奈彦は確かに思ったものだった。冬美と親しくなってからも、その気持には変りはなかった。冬美は気のいい、そして明るい女だ。加奈彦にとって、何かのんびりとくつろげる女のような気がした。妻というものは、そんなくつろげる存在でなければならないとも思っていた。

だからこそ、結婚の約束もした。その時点までは、女性関係の多い加奈彦にとっても冬美は未来の妻であった。が、その加奈彦の前に、専務の娘溝渕登志枝《みぞぶちとしえ》が現われたのだ。課長と共に、専務宅に行く度に、接待に出るのはいつも登志枝だった。いわゆるグラマーで、時々熱っぽい視線で人を見るのが魅力的だった。

(本気でないこともなかったんだ)

吸殻《すいがら》を灰皿におしつぶした加奈彦は、自分の八畳の部屋を眺めまわした。大学を出た時に買った洋服ダンスがある。その横に冬美の和ダンスが並ぶことを加奈彦は想像した日が確かにあった。が、今はちがう。専務の娘というだけで、加奈彦には、溝渕登志枝は充分に魅力的な存在だった。

加奈彦は机の上の一枚の写真をとり上げた。K大学時代の友人北小路範貞《きたこうじのりさだ》の家族の写真である。加奈彦はかなり虚栄心の強い男だった。はじめて冬美に自分の名を告げた時、冬美は、

「まあ、町沢加奈彦さん？　何か上流階級のお方みたい」

と目を輝かせた。その時加奈彦は、自分が決して上流階級に属する人間などではないことを、直ちに告げるべきであった。父は中企業の商社の庶務《しょむ》部長であること、兄は貿易会社の一社員であることを、淡々と告げるべきであった。が、加奈彦はその時、あいまいに微笑しただけであった。上流階級の息子に見られることは、加奈彦にはこころよかった。

階下がひっそりとしている。まだ九時だというのに、父も母ももう眠ったらしい。去年父の銀二郎が十二指腸潰瘍《しちょうかいよう》で胃を半分切ってからは、時折親たちはひどく早寝をすることがあった。しんとした家の中は、長い秋の夜だけに、加奈彦の気を滅入《めい》らせる。

（馬鹿なことをしたものだ）

北小路の家族の写真を見ながら加奈彦は思った。加奈彦は、自分が冬美の胸の中で、上流階級の息子として育っていくように調子を合わせてきた。

学生時代から気の合う友人の、北小路範貞の家に行った時、広い客間のマントルピースの上に、豪奢《ごうしゃ》なアルバムや、台紙に貼った古い写真が何枚かあった。何かのことで、北小路は写真を出しておいたらしかった。

それらのアルバムや古い写真を、何気なく見せてもらって加奈彦はうなった。祖父の結婚記念のセピア色の写真では、祖母なる女性がおすべらかしの髪で、宮中の内親王のような服装をしていた。その祖父の兄なる人は、胸に幾つもの勲章を飾っていた。凜々《りり》しい海軍士官や、鹿鳴館《ろくめいかん》時代の洋装をした明治の女の姿もあった。

その他《ほか》、和風の庭を背景に、モーニングコートを着た北小路の父と、見るからに高価な訪問着を着た母親、そして同様に盛装した兄夫婦の並ぶ天然色の写真があった。嫂《あによめ》はベージュ色のイブニングドレスを品よくまとっていた。

「父が叙勲を受けた時の写真だよ。ちょうど兄がフランスから休暇で帰ってきていてね」

兄は外交官だった。

「君が写っていないじゃないか」

「ああ、ぼくは会社の出張で、イランに行っていたのさ」

事もなげに北小路は言った。

(なるほど、上流階級というものが確かにある。この連中が正にそれだ)

加奈彦は羨望《せんぼう》のあまり、敵意さえ抱いてその一枚の写真を見た。が、嫂《あによめ》という女性のいい難《がた》い美しさに、加奈彦はしばらく目を離すことができなかった。

「美人じゃないか、おねえさんは」

「そうかなあ。ぼくはあまり好きなタイプじゃない。彼女は六井財閥の一族の娘でね、それが鼻にかかっているようなところがあってね」

北小路は皮肉に笑った。

「しかし、きれいだよ、これほどのひとはめったにいないと思うなあ」

「そんなにいうんなら、呼んで来ようか」

「えっ!?　ご本人がいるの？　フランスじゃないのか」

「いや、彼女はね、フランス語をしゃべると疲れるんだってさ。半年ぐらい日本で休んでから帰るそうだよ」

北小路はそういって、あわてる加奈彦を尻目《しりめ》に、嫂《あによめ》を呼びに部屋を出た。まもなく北小路と共に入ってきたその女性を見て、加奈彦は思わず息をのんだ。

「いらっしゃいませ。大変なご秀才ですって」

と、愛想よくいい、

「あたくし、このひとの嫂《あによめ》の瑛子《えいこ》でございます」

と、にこやかに加奈彦を見つめた。加奈彦は眩《まぶ》しげに視線をそらし、

「町沢加奈彦です」

と、ぶっきらぼうに頭を下げた。

「加奈彦さん？　どんな字を書きますの」

瑛子はゆったりとソファに腰をおろして尋ねた。

「はい、加藤の加、奈良の奈、彦は山びこの彦です」

「山びこのヒコ?」

瑛子は豊かな胸を突き出すようにして、上を見て笑った。それはひどく驕慢《きょうまん》にも、妖艶《ようえん》にも見えた。加奈彦は苦笑した。苦笑するより仕方がなかった。

「瑛子さんて、どう書くんですか」

笑われて、かえって加奈彦の緊張がほぐれた。

「王へんに英国の英よ」

「英国の王室を思わせますね」

北小路は、二こと三こと話を交えると、何を思ってか、二人をおいて部屋を出て行った。

「ね、加奈彦さん、あの人、あたくしのことを何といっていて?」

「いいおねえさんとおっしゃっていました」

「まさか。あたくし、別居中ですのよ。ね、そのことお聞きになったのでしょ」

「いいえ、只《ただ》あなたがフランス語にお疲れになったとかで、今、臨時休暇をとっていらっしゃるとかって……」

「まあ」

瑛子はさもおかしそうに笑うと、

「別居などと申しましては、世間体が悪うございますものね。でも加奈彦さん、あたくしね、世間体の悪いことが、大好きですのよ」

　低くささやくように言った。驚いて加奈彦は瑛子を見た。

「あなたはいかが？」

「ぼくですか、さあ、ぼくは……」

「ほんとうは、人間はみな、世間に知られては困ることが大好きなのよ。たとえば女遊び。そうでしょう。そうじゃなくて？　殿方はみな女遊びが大好き。世間に知られては困るようなことが、実は大好きでいらっしゃる」

　瑛子はいたずらっぽく笑った。加奈彦は何かそそのかされている思いがした。

「人間はみな、あらゆる悪徳が好きなように生れついているのですわ。人に知られたら大変なようなこと。人さまのものを盗むこと。それに裏切り。男の方も、裏切りがお好きでいらっしゃる。笑いながら話し合っていても、いつもこぶしを握って、内心、こいつめ！　じゃございません？」

　苦笑する加奈彦に、

「でも、あらゆる悪徳は何と心ひくのでしょう。そしてその悪徳の塊が、あたくしか、あたくしの夫か」

会ったばかりの加奈彦に、瑛子は余りにも大胆なことをいった。

それから三日目、加奈彦に瑛子が電話がかかって来、二人はあっけないほど簡単に結ばれた。

北小路の家には、叙勲の時の写真がまだ三枚ほど残っていた。親戚に送るつもりで焼き増しをしたら、写真屋が枚数をまちがえて、多く焼いてよこしたのだという。加奈彦はぜひ一枚をと願って、もらって帰った。瑛子に心惹《ひ》かれたからである。

その写真を、自分の家族の写真だといって、加奈彦は冬美に見せたのだった。

加奈彦は今、その時の写真を改めて見ながら、冬美のことを考えていたのだ。

四

加奈彦は、たまには自分も早寝してみようかと思い、写真を机の中に入れた。が、妙にのどが乾く。今夜、母のつくってくれた寄せ鍋が、少し塩がきき過ぎていたのかも知れない。加奈彦は水を飲みに階段を降りて行った。と、玄関のブザーが鳴った。

(誰だろう、今頃?)

時計は九時半近い。まさか、神戸《こうべ》にいる兄が出張で出て来たわけでもあるまい、兄なら予《あらかじ》め電話で連絡があるはずだ。

茶の間を横切り、加奈彦は玄関に出て行った。

「どなたですか」

返事がない。加奈彦はちらっと壁のバラの絵に目をやって考える顔になったが、玄関のドアを思いきってあけた。立っていたのは、思いがけなく冬美だった。秋の夜の冷気がさっと流れた。

「君!」

「…………」

冬美は冷たい微笑を見せて、加奈彦を真正面から見つめた。クリーム色のブラウスに、白いカーデガンを着ている。

「何の用事？　今ごろ」

「あなたって、情ない人ね」

切り返すような言葉が返って来た。加奈彦はたじろいだ。

「あなたは、あなたのお部屋とお母さまのお部屋は別棟《べつむね》だとおっしゃっていたわね。まるで、広い広いお屋敷のように」

「だからどうだっていうんだい」

加奈彦はカッと頭に血が上る思いがした。冬美は自分の家を突きとめて、一体どうしようというのだろう。つまらぬことを問いつめて自分に恥をかかせ、一体どうするつもりなのか。冬美は昨日以来、突如として変貌《へんぼう》したように加奈彦には思われた。

「あたし、お店が退《ひ》けてから、夕飯も食べずに、銀座から杉並《すぎなみ》に来て一生懸命あなたの家を探したのよ」

「何のために？」

「あなたという人が、どこに住んでいるかぐらい、知る権利があるからよ。あたし、あなたと婚約しているのよ。あなたが訪ねてくるなというから、あたし今まで訪ねてこなかったのよ。でも……」

「わかった。ちょっとその辺で、お茶でも飲もう」

「いやよ、どうしてわたしをこの家に入れたくないの」

「もう、親たちは眠っているんだ」

「何もあたし、大声でお話しようとは思わないわ」

静かな住宅街だ。小声にしろ冬美とごたごたいい合うのを、いつ誰が通りかかって見ないわけでもない。加奈彦は当惑した。といって、今、冬美を家の中に入れる気はない。

「まあとにかく、その辺でお茶でも飲もう」

加奈彦は冬美の肩に手をかけた。冬美は身をよじり、

「いやよ、わたしを入れてよ。あなたがどんなお部屋に住んでいるか見たいの」

「そんな強引な女は、ぼくは嫌いだよ」

冷たく加奈彦は答えた。その冷たさに、冬美はちょっとうつむいて、

「どうせ、もう嫌っているくせに」

と、声をうるませた。

「そんなことはないよ」

加奈彦はズボンのポケットから鍵を出して、ドアにさしこんだ。そして大股《おおまた》に歩き出すと、

仕方なしに冬美もついて来た。

「あなたは、はじめからあたしをだましていたのね」

　冬美が淋しげに言った。

「そんなことはないさ。しかしね、冬美、君にだって、人によく思われたい、自分をよりよく見せたいという気はあるだろ。ぼくだって若いからね。少しは君にカッコよく思われたいと思っただけさ。他愛《たわい》のない話だよ」

「はじめっから、あなたがお屋敷のような家に住んでいらっしゃらないと知っていたら……あたし、あんなに卑下しなくてもよかったんだわ。あたしは何も、上流の家になんか、もらわれて行きたいとは思わなかったのよ」

「………」

「加奈彦さん、もしかしたら、あなたは自分を上流階級の者だなどといって、あたしが結婚に臆病《おくびょう》になるようにと、思ったんじゃない？」

「そんなことはないよ。その証拠にダイヤの指輪だって、買ってやったじゃないか」

　二人は近くの表通りに出、スナックバアに入った。「黒猫」というスナックバアの中はうす暗く、カウンターに三、四人の客が並び、他に何組かの客が楽しそうに飲んでいる。

　二人は片隅の席につき、お互いに探るように相手を見た。

「とにかく加奈彦さんは、専務の娘さんとかと結婚なさるつもりでしょ」

　加奈彦は黙って、テーブルの上に目を落とした。

「それとも、あたしと別れるための嘘？」

「…………」

「どちらにしても、あたしそのうち、必ず専務さんの所に、あなたのことをいいに行くわ。あたし、自分があなたの慰みものになったなんて思うの、耐えられないの。結婚するっていったからゆるしたのに……」

「…………」

「でなければ、あたし清く体を保っていたかったわ。あたし、自分だけは男にもてあそばれて、ぼろきれのように捨てられるなんて、そんな人生は送りたくなかったのよ」

　店の中央に陣取っていた三、四人の若い男女が、何がおかしいのか、ワッと笑った。酒を飲んでいる客たちは陽気だ。加奈彦は運ばれて来た水割りを、のろのろと口に持って行く。

冬美はレモンスカッシュのストローを指先で折りながら、

「あたし、気が狂いそうよ。でも、あたし泣き寝入りはしないわよ。加奈彦さんだって、男ですもの、ちゃんと責任をとってほしいわ」

「責任って何だい？」

「責任って……わからないの、加奈彦さん」

「君と結婚することかい」

「当り前じゃないの」

「ぼくは、冬美って、もっと話のわかる女だと思ったがなあ」

「話がわかるって、つまり、じゃ別れましょうって、あっさりいえる女っていうこと?」

「まあね」

冬美はきっとして、

「まあねはないわ。馬鹿にしてるわ。なめてるわ。加奈彦さん、あなた女をそんなふうに見ていたら、大変な失敗をするわよ」

「失敗? そうかな」

加奈彦はうすら笑いを浮かべた。

「加奈彦さん、いつかプリンスホテルにいたの、やっぱりあなたでしょう」

「…………」

「あなたよね、あなたに決まってるわ。そして、あの五井だか、六井だかの高慢ちきな女と会っていたんでしょう」

「いったん色眼鏡でみると、何もかもぼくが悪いように見えるらしいな」

加奈彦は情なさそうにいって、水割りをグッと一口あおった。

「ばかだね、冬美は。ぼくはそりゃ、専務の娘のことで悩んではいるよ。それは心から好きなのは冬美しかいないからだよ。そんなこと、冬美だってわかっているだろう」

加奈彦はそっと、テーブルの下の冬美の膝《ひざ》に自分の膝を押しつけた。

「うまいことといって」

とはいったが、冬美の表情に甘さがあった。

「悪かったよ、冬美。確かにぼくは迷ったよ。男だからね。専務の娘と結婚するということは、そりゃあ魅力だよ。しかしやめた。冬美のような女と、平凡に暮らして行きたいよ。多分、それが人間の幸せというものかもね」

いいながら加奈彦は、むらむらと冬美に対する殺意が燃え上るのをおぼえた。

「ほんと？　加奈彦さん、決心してくれた？」

加奈彦はうなずいた。

「決心したとも」

この女は、本当に専務の家に押しかけるだろう。専務の娘の登志枝は、冬美の存在を知って、自分から心離れて行くにちがいない。加奈彦は、これといって有力な親戚もなければ、引立ててくれる先輩もない。自分にあるのは、有名校のK大学を出た秀才という、いわば実力だけだ。そしてその学歴の多くの女が期待し、自分に心を寄せてくる。むろん加奈彦の容貌も女の心を惹くには惹いた。が、もし自分が一流大学を出ていなければ、女たちの自分に対する態度は変ったと思う。その自分のもっているものを、フルに活用する以外に、出世の手だてはなかった。

（こんな女に足を引っぱられるなんて）

冬美は自分に抱かれただけで満足すべきなのだ。そんな傲慢《ごうまん》な思いが今は加奈彦にはあった。

「冬美、君の部屋まで送って行こうか。泊ってもいいんだ」

「そうねえ。でもあたし、今夜は一人で帰るわ。もう少し話していたいわ」

この女が、ごく自然にこの世から姿を消してくれる方法はないものか。加奈彦は冬美を見た。

この混雑した交通事情の中で、冬美はなぜ車にひかれて死なないのか。加奈彦はふっと完全犯罪という言葉を思った。もし完全犯罪が成立するなら……いや、成立させてみたいと、思いがけなく能動的に心が動いた。

「人は悪徳を好むものよ」

といった瑛子の言葉が胸に浮かぶ。

「その辺まで送って行くよ」

加奈彦はやさしい声を出して立ち上った。

吸　殻

サングラスの男

サングラスの男

一

町沢加奈彦《まちざわかなひこ》が、溝渕《みぞぶち》専務の家を出て、半丁ほど行った時だった。パラパラと雨が降って来た。加奈彦は舌打ちをして夜空を見上げ、そして急ぎ足になった。街灯に照らされた舗道を、雨が黒い花びらを描くようにぽたぽたとぬらす。

タクシーを流している通りまでは二丁ほどある。背広の襟《えり》を立て、駆け出そうとした時、傍《そば》に車がとまった。

「町沢さん、乗りませんか」

少ししゃがれた声がした。運転台から田條九吉《でんじょうきゅうきち》の角刈り頭が乗り出している。

「ああ田條さん、あなたも今お帰りで?」

今夜は田條も溝渕専務の家に来ていた。

「そう、その辺まで送りますよ」

「ありがとう、じゃ、タクシーの拾える所まで、おねがいしますか」

加奈彦は車に乗った。柔らかいクッションだった。内心加奈彦は、田條に声をかけられたことを意外に思った。

田條九吉には、専務の家で時折顔を合わす。親分肌《おやぶんはだ》の溝渕専務は、いつも部下たちに、十畳と十五畳の部屋を開放していた。その部屋の部下たちは、マージャンをしたり、話し合ったりしながら、溝渕専務への忠誠をお互いに確認するのである。

専務の娘登志枝《としえ》は、客の誰彼《だれかれ》に熱っぽい視線をちらちらと投げかけながら、酒や食事の接待を楽しんでいるようだった。

そうした専務の家に、田條九吉も出入りしている。が、彼は、KB建設の社員ではない。田條の素性を知っている者は誰もいない。彼の言葉に関西なまりがあるので、出身は関西だろうと見当はつけてはいるが、それも確かなことはわからない。年齢は四十前と見えるが学歴も職業も、妻帯者か独身者かも、誰も知らない。田條は興信所を持っているとか、総会屋だとか、あるいは関西系の暴力団の大幹部だとか、人々は様々にいう。中には、

「あいつは、頼まれれば、借金の取り立ても、おどしゆすりもする。いや、ひょっとすると、殺し屋も引き受けているのでは……」

と、ささやく者すらある。それでいて、誰も田條の正体を知らないのだ。

田條九吉は、時折専務の家に現われるが、滅多に人々の仲間に入ることはない。いつも部屋の片隅でパイプをくゆらし、人々とは別の世界の中に、一人ぼんやりと時を過している。

短く刈った角刈りの頭、黒いサングラスの田條九吉の姿は、社員たちを自ら遠ざけているようにさえ見えた。この田條に、社員たちは、会えば只《ただ》、

「やあ」

と頭を下げるぐらいで、話を交わすことはほとんどない。いや、田條自身のほうで人々を拒否している所が確かにあった。稀《まれ》に声をかけて近づく者があっても、田條は皮肉な微笑を浮かべて、すっと顔をそむける。マージャンに誘われることがあっても、うるさそうに片手をふって、口もきかずに断わる。

そんなことが幾度かあって、次第に彼は一人になっていった。それでいて、別段専務の客間にいて、ひどく気にかかる存在というのでもない。

彼が専務の私室に呼ばれて、かなり長い時間、密談することを人々は知っている。それはどんなに気に入りの部下と話すよりも、長い時間なのだ。それで人々は、田條九吉が専務にとってかなり重要な人物であることを弁《わきま》えている。田條が特別違和感を人に与えないのは、そのためもあった。

そんな田條に、町沢加奈彦だけが、

「いい天気ですねえ、田條さん」

とか、

「昨夜、街でお見かけしましたよ」

といった程度の言葉をひとことふたことかけるのだ。田條もこの加奈彦には、短い言葉ながら返事を返す。が、自分のほうからは、ほとんど口をきかない。

その田條九吉に、道の途中で車に誘われたのだから、少なからず意外な感じがしたのは無理もなかった。

「助かりましたよ、田條さん」

この男も、雨に困る人間を車に乗せてやろうとする人並の感情はあるのだと、加奈彦はふっと微笑して田條の背を見つめた。

(要するに同じ人間さ)

そう思った時、田條が思いもよらぬことをいった。

「町沢さん、あんた、これからTホテルに行くんでしょう」

「えっ⁉」

加奈彦は息をのんだ。確かに、今自分はTホテルに行くつもりなのだ。ホテルには北小路瑛子《きたこうじえいこ》が待っている筈《はず》だった。

驚く加奈彦を、田條はバックミラーに確かめながらニヤリと笑って、

「町沢さん、あんたのつきあっておられる、あの北小路瑛子ですがねえ……」

「田條さん、どうして……それを……」

瑛子と自分とのつきあいは、誰も知らない筈であった。会う時は、三十分以上時間をずらせて、どちらかが先に部屋を取り、外にいる相手に部屋の番号を知らせる。知らせを受けたほうはフロントを通さずそのまま部屋に入る。部屋は必ずシングルを取り、決して二人では泊らない。客室係だって決して気づく筈はないのだ。帰る時も、時間をたがえて別々に出る。しかもホテルは、いつも一流のホテルを場所を変えて使う。一流のホテルであれば、いつも展示会や茶会、パーティなどがあって、知人に見られても怪しまれないからだ。どうして二人の情事が人に知られる筈があろう。うろたえた視線を、加奈彦は窓の外に向けた。麹町《こうじまち》を出た車は半蔵門のあたりにさしかかっている。

「何を驚いているんですよ」

田條はニヤリと笑った。

「しかし……ぼくは、北小路瑛子さんとは、只の友人で……瑛子さんは、ぼくの友人の嫂《あによめ》で

……それで、今夜も……」

「しどろもどろですね」

語調だけは丁寧に言い、田條は再び笑った。

「まあ、いいでしょう。あなたも男だ。魚心あれば水心とやら、ま、せいぜいお楽しみにな

るんですな」

「田條さん！」

「何です」

「あなたは、どうして……ぼくが……」

田條は答えずに、車を走らす。フロントガラスを絶え間なく雨が打つ。ワイパーが右に左に単調な運動をくり返していた。

「田條さん」

「………」

右に左に動くワイパーを見つめながら、加奈彦はいらいらした。対向車のライトが、ひっきりなしに加奈彦の顔を照らして過ぎる。加奈彦は激しく動悸《どうき》した。田條の沈黙が加奈彦を脅《おびや》かした。

(どうして知っているのか、この男は)

(しかも、今夜Tホテルに行くことまで……)

「あの……田條さんありがとう。ぼくはここで車を拾いますから……」

加奈彦は腰を浮かした。

「ま、そうあわてないで、落ちついてくださいよ、町沢さん。まちがいなくTホテルにお届けしますからね」

「いや、ぼくはホテルには行かない」

「そうですか、そういうことがあなたにできますか。Tホテルには瑛子さんが待ってるんですよ」

「そ、そんな……」

「わたしはねえ、何も邪魔をしようというわけではありませんよ。ご遠慮なくホテルにいらっしゃい」

加奈彦は答えようがなかった。田條九吉は、溝渕専務のふところ刀の一人だ。田條は恐らく、この自分の情事を専務に知らせてあるにちがいない。とすれば、専務の娘登志枝との仲も、もう終りだ。

「ああ」

絶望的なため息を加奈彦は洩《も》らした。

「どうしました、町沢さん」

楽しむように田條はいう。

「田條さん、どうして、知ったんです?」

「あなたと北小路瑛子夫人のことですか」

加奈彦はうなずくより仕方がない。三宅坂《みやけざか》を車は下って行く。国会議事堂の建物が、夜空に高く、しんと静まり返っている。それさえが加奈彦の不安を大きくさせる。

(専務に知られては……)

心が乱れる。

「町沢さん、わたしの商売はね、興信所だ」

にわかにドスの利《き》いた声になった。

「興信所?」

「実はね、瑛子夫人の行状を、私はさる所から調査依頼を受けてね。ま、それで追っていたわけだが、引っかかってきたのが、何とあんただった」

「…………」

「驚いたねえ。専務のお嬢さんと結婚しようというあんたがだな、あの瑛子夫人のお気に入りというんだからねえ。こりゃあ想像もできないことだ」

「…………」

「専務が聞いたら、さぞ驚くでしょうなあ。お嬢さんだって、あなたを信頼しきっていますからねえ」

語調が変に丁重《ていちょう》になる。対向車の流れに目をやっていた加奈彦は、ハッと胸をとどろかせていった。

「じゃ、まだ専務には……」

「言いやしませんよ。わたしが依頼を受けたのは、専務からではなくて、ある大手の会社からですからねえ。みだりに人の秘密を横流しはしませんよ。それが職業上のモラルというもんでしょう」

乾いた声で、田條九吉は笑った。その顔を、バックミラーに息をつめて加奈彦は見た。

その加奈彦を田條もちらりと見る。

「田條さん、しかし、ぼくとあの瑛子夫人とは、只、お茶を飲むだけで」

「そうですか。お茶を飲むだけですか。それは知らなかった」

「そうですよ、お茶を飲むだけですよ。ホテルで会うにしても……」

不意に田條は口笛を吹いた。息の長い、正確なメロディは「禁じられた遊び」であった。

二

口笛が止《や》んだ。

「町沢さん、お茶を飲んでいただけですね、確かに」

「そうです、そうですとも田條さん」

勢いづいて加奈彦は答える。

「そうですか。では、これがお茶を飲んでいる時ですね」

田條《でんじょう》の左手が、フロントガラスの下にあるスイッチを押した。テープから突然、瑛子の鼻にかかった甘い声が聞えて来た。

「ああ、もう、いけない」

「瑛子さん」

喘《あえ》ぐような自分の声が聞える。

「加奈彦さん」

スイッチが切れた。加奈彦は唇を噛《か》んだ。全身から血の引く思いがした。自分と瑛子の情事が見事に録音されているのだ。テープが早送りされて、再び声が流れた。

「じゃ、ぼくは先に帰る」

「次は土曜よ。Tホテルよ。あたしは九時に行っているわ、よくって？」

「ええと、この次の土曜は……」

「いらっしゃれないというの？　ね、いらっしゃれないの、加奈彦さん」

　半ば哀願する語調だったが、次の瞬間、急に高飛車に、

「いいわよ、いらっしゃりたくなければいらっしゃらなくても。ハイ、これ、この次までのおこづかいよ。三万円あればいいでしょう」

　やや冷たい瑛子の声がする。

「瑛子さん、怒ったんですか。怒っちゃいやだ。ぼくが誰よりもあなたを愛していることは、あなたが知ってるじゃないか」

「口の先だけね」

　いいながらも、どこかほっとした声音だ。

「次の土曜、九時ですね、Tホテル」

「いらっしゃるの」

「万難を排して！　女王さま」

　勝ち誇ったような瑛子の笑い声が高く入る。テープのスイッチが切れた。加奈彦は逃れ

ようのないのを感じて、ややふてぶてしくいった。

「これはまた、ずいぶんと性能のいい盗聴器ですね」

「いや、近頃はもっといいものができたようですよ」

田條は満足そうに答え、

「町沢さん、あんたの会社が隆盛を誇っているのはね、この盗聴器のお陰でもあるんですよ。何も模範社員のあんたがたの奮闘のせいばかりではありませんよ」

車は霞ヶ関《かすみがせき》の官庁街を走っていた。どのビルもほとんど暗い。ところどころ明るい窓はあるが、いかにもここには夜があるという感じだった。

しばらく無言で、田條は車を走らせた。加奈彦も黙っている。

(この男、このテープを俺に売りつける気か)

どれほどの金額をふっかけるつもりだろうと、加奈彦は不安な思いがした。

(二十万!　まさか。五十万……恐らく百万とはいうまい)

五十万なら何とかなる。その程度の貯金は加奈彦もしてあった。

(それとも、瑛子をゆする気か)

六井一族の娘だ。百万や二百万、ゆすろうと思えばわけはない。

(とにかくこのテープを、あの溝渕専務や登志枝に聞かせられては困る)

自分が一番恐れているのは、登志枝との破談なのだ。それはこの男も知っている筈だ。興信所としての業務の秘密は、他《ほか》に洩らさぬとこの男は言った。が、恐らく、今までこの男は、こうしたテープをネタに、金をゆすって来たにちがいないのだ。

車がとまった。右手に海上保安庁を見、左手に、日比谷公園の木立があった。

「どうしたんです。こんな所にとまって」

「あなたと取引があるんです」

ねっとりと、絡《から》みつくような声である。

いくら出せというのかと、身構える思いで、

(来たな!)

「何です、取引って?」

「わたしと溝渕専務の間ですからね。本来なら溝渕専務のために、このスキャンダルは話すべきでしょう?」

思ったとおりだと、加奈彦は次の出方を待った。

「しかしですね町沢さん、わたしはまだそうはしていないんですよ。そのわたしの気持も買ってくださってですね、町沢さん、ひとつわたしの願いを聞いてやってくれませんか」

「願い?　願いって何です?」

どうせ金を出せということだろう。思いながら加奈彦も丁寧にいう。

「何、大したことじゃありません。北小路瑛子夫人は、この間から実家に帰っている。どうやらいよいよ離婚が成立するようですな」

「………」

「もっとも、半年後には、もう、さる人と結婚するという手筈も決まっていますがね」

「え？　結婚？」

加奈彦も初耳だった。離婚のことは聞いている。来月頃には正式に別れると聞いている。しかし、結婚のことは只の一度も聞かされたことはない。

「………」

「元々、外交官じゃうま味がないわけですよねえ、瑛子夫人の一族としては」

「うま味のないことからいえばですねえ、溝渕専務にとって、登志枝さんとあなたとの結婚も、全く何のうま味もない。できたら、何とかお払い箱にしたいところでしょうな」

やや、せせら笑う口調でいい、

「しかし、登志枝さんが町沢さんにほれている以上、娘に目のない専務としては、まあ、しようがないんでしょうな」

案に、如何《いか》に北小路瑛子とのスキャンダルが田條の大きな獲物かを物語っているようでもあった。いわれるまでもなく、門閥らしい門閥もない加奈彦は、その点大いにひけ目を感じているところなのだ。登志枝が、許しがなければ、家を飛び出してでも加奈彦と一緒になると、粘って父を説得したことを、加奈彦も知っている。

「しかしね町沢さん、あなたが、かの瑛子夫人と理無《わりな》い仲になったのは、ある意味ではあなたの武器ですよ」

田條が何を言ってるのか、加奈彦にはすぐにはわからなかった。

「とにかく町沢さん、わたしの願いというのはですね。あの瑛子夫人の父親の六井東三郎が、これから一カ月の間、誰と会ったか、毎日瑛子夫人にメモしておいてもらいたいということなんです」

「メモ?……会った人との?」

意外な申し出であった。

「そうです、簡単なことです」

「しかし……そんなことは、田條さん一人の調べで、それこそ簡単にできることじゃありませんか」

「そうはいきませんよ。簡単にはね。瑛子夫人の行状を探るようにはいきませんからね、六井東三郎の場合は」

「なぜです?」

「第一、あの本邸は、あなたご存じじゃありませんか。三千坪の屋敷に、有名な正門が四つある。東門から客が入るか、西門から客が入るか、その日によってちがうんですからね。そしてまた、家人が邸外に出るのも、どの門から出るのか、四つに別れて張りこんでいなければ、捉《とら》えようがない。だからねえ、誰とどこで会っているか、これが何ともむずかしい」

「なるほど」

門が四つあるということだけでも、いかに瑛子の父が人の目を避けねばならぬ行動をしているかが、わかるような気がした。瑛子の父六井東三郎は、その兄、利一郎よりきけ者だとうわさされている。

「だから、聞き出せるだけ聞き出して欲しいんだ。この一カ月だけでいい。あの怪物が誰と会ったかがわかるだけで、わたしは向う五、六年の仕事をしたようなものでねえ」

「…………」

「ぜひ聞き出してくれますね、町沢さん。その代り、専務にはわたしが大いに取り持ちましょう」

「……しかし、あの人が、そんなことを洩らしてくれるかなあ」

「洩らさせるんですよ。それができるのは、今、あなただけです。というのは、彼女がおぼれているのは、あなただけだということですよ」

　本当だろうかと加奈彦は思った。加奈彦は自分が翻弄《ほんろう》されているような気がしているのだ。

「お宅の会社の浮沈にもかかわることですよ、町沢さん。あの六井東三郎の動きを素早くキャッチできるかどうかは、わたしに依頼した人にはもちろんのこと、あなたの会社にも無関係ではないんですよ。その代り、あなたの頼みには出来る限りのことをしますよ。どんなむずかしいことでもね」

　ふっと、加奈彦の胸に冬美の顔が浮かんだ。

「わかりました。わたしもできるだけのことはやってみましょう。じゃ……」

「ありがとう、やってくれますか」

　車は再び雨の中を走り出した。

三

「どうなすったの」

　Tホテルの八〇九号室である。部屋に入って来た加奈彦に、瑛子はその妖《あや》しい目を向けた。

「別に」

　加奈彦は、今ホテルの前で別れた田條九吉の顔を思い浮かべながら、憂鬱《ゆううつ》そうに答えた。

「何だか、顔色が悪いわよ。どうなすったの」

　黒地に白の花模様のあるドレスが、豊かな瑛子の体によく似合う。それを意識して、ゆったりと体をくねらせながら、瑛子は加奈彦に近づく。

「よく似合いますよ」

　加奈彦は瑛子の肩を抱きよせ、唇を合わせた。

「ほんとにどうなすったの」

　唇《くち》づけのあと、瑛子は椅子にすわって加奈彦を見上げる。

「別に」

「浮かない顔よ。ベーゼだって、何だかおざなりよ」

瑛子は軽く睨《にら》む。

「実はねえ、あなたに頼みがあるんですけどねえ」

少し甘えた語調で、加奈彦は瑛子の傍《そば》に椅子を引き寄せた。

「頼み？　何かしら」

瑛子は甘えられることの好きな女だ。命令されることを極端に嫌う。それを加奈彦はよくのみこんでいる。

「それが……ちょっといいづらいことなんですよ」

ふと加奈彦は、情事の最中にいいだしたほうがよかったかと思った。が、加奈彦にはそれだけの余裕がなかった。

「いいづらいこと？　ああ、わかったわ。あたくしと手を切りたいとおっしゃりたいのね」

瑛子は咎《とが》めるように加奈彦を見た。

「とんでもない。そんなこと、ぼくがあなたにいうわけがないじゃありませんか。あなたからいいだすことがあっても……」

「じゃ、どういうことよ」

すぐに機嫌をなおして、瑛子は加奈彦のネクタイに手をかける。瑛子がやさしくネクタイをほどこうとするのに委《まか》せて、

「妙な頼みなんですが……実はですねえ。あなたのお父さまの所に、どんなお客さまが見えるか、うかがいたいんですよ」

　ネクタイをほどく瑛子の手がとまった。瑛子はじっと加奈彦を見つめた。加奈彦はひやりとした。ひどく冷たい瑛子のまなざしだった。ややたって、瑛子がいった。

「何のために?」

　鋭い声だった。

「何のため?　……只《ただ》、ぼくは……」

「どなたに頼まれたの?」

「どなたにって、別に……」

「加奈彦さん、あなた、わたしにそんな真似をさせたくて、近づいていらしたの?」

「冗談じゃありません。そんな気持であなたとこうなったかどうか、それはあなたのほうが、よくご存じでしょう」

　そのとおりだった。

　瑛子と加奈彦が初めて会ったのは、瑛子の嫁ぎ先である北小路の家だった。そして、次に会ったのは銀座だった。その時、瑛子が加奈彦を誘い、二人はあっけないほど簡単に結ばれたのだった。

「最初はそうじゃなくてもよ。次第にそんな気持になっていらっしゃったのじゃない?」

「とんでもない。ぼくがそんな器用な真似のできる男かどうか、あなたはおわかりでしょう。ぼくは何も、こんなこと……」

　ふと、おびえたように加奈彦は口をつぐんだ。今のこの場も、田條九吉に盗聴されていないかと、にわかに不安になったのだ。が、考えてみると、その心配はない筈《はず》だった。田條は、ホテルの近くで加奈彦を車からおろし、

「ごゆっくりお楽しみください。テープは、これ一本あれば充分ですからね。もう盗聴などという、不粋な真似はしませんよ」

　と笑って、走り去ったのだった。田條の車が、車の波の中に紛れて行くのを呆然《ぼうぜん》と加奈彦は見送って来たのである。

　確かに、あのテープ一本あれば、田條の用は足りるのだ。多忙な田條が、いつまでも瑛子と自分にばかり、同じ形でまつわりつく筈はない。そう自分自身にいい聞かせながら、加奈彦はいった。

「ぼくは……こんなこと、こんなことをあなたにお尋ねしようなんて、実は今日まで、夢にも思ったことがないんですよ」

　瑛子はその加奈彦の様子をじっと見つめていたが、大きく腕を組むと、

「でも、あなたは今、あたくしにお聞きになったじゃない」

「それは……仕方がないんです」

「あたくしの父の客を、あなたにお知らせするということは……多分父が不利な立場に立たされるということでしょう。そして、誰かが大きな得をなさる」

「……」

「あたくしの家には、ご存じかしら、四つの正門がありますのよ」

加奈彦はうなずいた。

「なぜ四つもあるか、ご存じ？　それは父にとって、必要だからなの。同じ屋根の下にいるからって、いつ、どんなお客が見えるか、あたくしにはわからないのよ。母と秘書にしか、知らせてくれないことですもの」

冷たく乾いた声だった。加奈彦はうなだれた。こんな切り出しかたは、まずかったかも知れない。が、瑛子のような性格の女には、変に謎をかけたり、婉曲《えんきょく》に尋ねたりしても、かえって結果がまずくなる。

（しかし……もし聞き出せなければ……）

田條九吉は、溝渕専務に自分と瑛子の関係を、ばらすにちがいない。加奈彦は頭を上げて瑛子を見つめた。ふと、思いついたことがあったのだ。

「瑛子さん、あなたは結婚なさるそうじゃありませんか」

　先ほど車の中で田條に聞いたことだった。ハッと瑛子の表情が動いた。

「離婚もいよいよ成立するっていうじゃありませんか。離婚から半年経てば、晴れてあなたは結婚することができる」

「加奈彦さん」

　ふいに瑛子はやさしい声音になった。

「何です」

「あなた、どこからそんなことお聞きになったの。まだ、どなたもご存じない筈のことよ」

「あなたご自身もですか」

　まじめな顔で迫る加奈彦に、

「ああ、あたくしがあなたに何も申し上げなかったから、怒っていらっしゃるのね。でもふしぎだわ。どこから洩《も》れたのかしら。離婚が成立する前に、結婚のことが洩れたら、北小路では、意地でも離婚を引き延ばすかも知れなくてよ」

「そのほうがぼくにはいい」

　わざと加奈彦は、すねたような語調でいった。

「加奈彦さん、あなたまさか、北小路の弟にそんなことおっしゃらないでしょうね」

「さあ、わかりませんよ。北小路の家には、ぼくも時々遊びに行きますからね」

「あら、あなた、あたくしをおどすおつもり？」

「おどすなんて、そんな。でも、あなただってひどい。結婚の話があるんならあるって、教えてくれてもいい」

「あら、妬《や》いていらっしゃるの」

「そりゃあ、妬きますよ。ぼくだって男ですからね。しかしあなたは、ぼくとの結婚など最初から考えてもみない」

再びすねたようにいう加奈彦に、瑛子は白いのどを見せて笑った。

「あなただって、あたくしと結婚しようなどと、一度だってお思いになったことがあって？」

「思っても仕方のないことですからね。六井財閥と、一サラリーマンのぼくの世界とは、全くちがう」

「同じ人間ですわ、結局は。それよりも加奈彦さん、さっきの話、ね、とにかく聞き捨てにならないわ」

瑛子は真顔になった。加奈彦は壁にかかった小さな海の絵に目をやっていたが、立ち上ると瑛子の肩に手をかけ、いつものようにベッドの上につれて行こうとした。その手を瑛子がそっと外して、

「お話をつけてからよ、加奈彦さん」

「そうか……あなたのお父さまのお客さまを聞き出すって、そんなに重大なことだったの。知らなかったなあ、ぼく」

加奈彦は無邪気そうに途方にくれて見せた。電灯が一つ点《とも》っているだけの部屋はうす暗い。その灯《ひ》を受けて、困ったようにうつむいている加奈彦は、確かに世間知らずの青年に見えた。

「どなたに頼まれて？　坊や」

「専務です」

とっさに加奈彦はでたらめをいった。素性もよくわからぬ田條九吉の脅迫によるとは、瑛子にはいえない。いうとしてもその時があると思った。

「ああ、ＫＢ建設の？」

「そうです」

加奈彦は再び椅子にすわった。

「その専務さんとやら、あたくしとあなたの仲を、どうしてご存じなの」

「実は……」

加奈彦はハタと詰った。が、

「実は、北小路とぼくが大学時代の親友だということ、そしてその嫂《あによめ》のあなたとも親しいということを……ぼくって馬鹿ですねえ、自分に何の門閥《もんばつ》もないものだから、いったんです。むろん、あなたと特殊な関係だなんて、そんなことはいいやしません」

「そうねえ、専務さんに、人妻と関係があるなんて、いえはしないことよね」

瑛子はあでやかに笑った。

「瑛子さん、ぼく、あなたが結婚したら、ぼくも結婚するつもりです」

「あら、ほんと?」

ほっとした表情が瑛子の顔に浮かんだ。瑛子としても、加奈彦の存在は結婚の障害になる筈だった。

「ぼくだって男ですからね。あなたに捨てられたら、やけになりそうなんだ。やけになって何をしでかすかわからない。それがこわいから結婚するんです」

「縁談がおありなの」

「あまり気に入った女じゃありませんが……専務の娘です」

「ああ、それで。専務のご機嫌をとり結ぶ必要がおありなわけね」

「おっしゃるとおりです。ぼくが六井家と親しいと、誇張していったものですから、専務もその気になったらしいんです。で、ほんとうに親しいかどうか、どのぐらいの親しさか、小手調べをしてみたかったのでしょう。じゃ、君、六井東三郎邸にどんな客が現われるか、わかるかね、といわれて、そりゃあわかりますって、大口をきいちゃったんです」

「お馬鹿さんね、あなたって」

豊かな胸をそらせて、瑛子は笑った。

「馬鹿です。見栄っ張りです。そして軽薄です、ぼくって奴《やっ》は」

「仕方ない坊やね」

そういって、ちょっと何かを考えていた瑛子は、

「とにかく、あなたがスパイの目的であたくしとつき合っているのではないことは、よくわかってよ。あなたの会社なら、父の客を知らせたくらいで、別にどうということもないでしょう。それに、どうということがあっても、あたくしはかまわないわ。あたくしは悪徳が好きですから」

瑛子は口を歪《ゆが》め、

「まあ、毎日の客を一人残らずお知らせするというのは、あたくしにもむずかしいわ。でも週に三度ぐらい、主《おも》なお客さまを教えてさし上げてもよくってよ」

「ほんとうですか、瑛子さん」

「ほんとうよ、あたくしはもともと反逆児ですもの。六井財閥解体なんていうのも、大賛成よ」

再び高い笑い声を上げて、瑛子は立ち上った。すかさず加奈彦が抱きかかえて、瑛子をベッドの上においた。

四

このKB建設の前の通りは、日が暮れると急に人影がまばらになる。銀座がすぐ近くだというのに、エアポケットのような通りなのだ。時折、二人づれが影のように現れて消える。

加奈彦は会社を出て、銀座通りのほうに歩いて行く。冬美から呼び出しがかかっているのだ。田條があのテープを溝渕専務の前に持ち出すことはなくても、冬美はいつか必ず専務の前に何もかもぶちまける日が来るにちがいない。専務は男だから、結婚前の遊びの一つとして大目に見てくれるかも知れないが、専務の娘の登志枝は、嫉妬心の強い女だ。それに、加奈彦と登志枝との間をねたんで、登志枝に近づこうとしている若い社員も二、三ある。加奈彦としては油断ができないのだ。正式に婚約するまでは、加奈彦は模範社員で通さなければならないと思っている。

ふと加奈彦はうしろをふり返った。田條九吉に、瑛子との密会のテープを取られて以来、加奈彦は外に出ると、すぐうしろをふり向く癖がついた。家を出る時も、会社を出る時も、一旦は必ずあたりを見まわす。街の喫茶店やレストランに入る時でも、今来た道をついふり返ってしまう。そんな自分に嫌悪《けんお》を感じながら加奈彦は歩いて行った。

十一月にしては暖い夜だ。昭和通りを過ぎると人通りがふえてくる。にわかに街並が明るくなる。加奈彦は少しゆっくりと歩く。冬美のデパートが閉店になるまでに、あと十分程ある。

銀座通りの靴屋のショーウインドーをのぞいたり、ネクタイ屋をのぞいたりして、約束の時間から、わざと少し遅れて、加奈彦は喫茶兼レストランの、野バラに入って行った。テーブルが十五ほどの、地味な店で、スパゲッティがうまい。客は七分どおり入っている。先に来ていた冬美は、ほっとしたように立ち上った。すがりつくようなまなざしだった。加奈彦はうっとうしそうに、椅子にすわった。

「来てくださったのね」

「ああ」

ニコリともせずにタバコを出すと、冬美がすぐに、灰皿の中のマッチをすってやった。

「どうしたの、機嫌が悪いみたい」

「いや、少し疲れているだけだよ」

余り無愛想にしては、かえって後が面倒になると、加奈彦はちょっと微笑して見せた。

ウエイトレスが水を持って来た。

「ぼくはスパゲッティのミートソースかけ。それにサラダでいい。冬美は?」

「わたしも同じにするわ」

　同じにするといわれると、加奈彦は何となくまつわりつかれるような感じがして、ちょっと眉をしかめた。ウエイトレスが去ってから加奈彦がいった。

「ぼくはね、人と同じ注文をするのって、余り好きじゃないな。自分の食べるものぐらい自分の主体性で選ぶべきだと思うな」

　いいながら加奈彦は、自分はもう冬美に、何の愛情も抱いていないと思った。一ヵ月ほど前の夜、突然冬美が訪ねて来た。そうした強引さ、執拗《しつよう》さが、恋する者の哀《かな》しさだということを、加奈彦には思いやることができなかった。顔は専務の娘の登志枝より美しい。肌もなめらかだ。性格も悪くはないと思っていた。こうして目の前に見て、冷静に考えれば、冬美は確かにかわいい女の部類に入る。にもかかわらず、加奈彦は今、冬美を自分の出世の妨《さまた》げになる女としか、見ることができないのだ。

（どうやって別れよう）

　冬美が突如自分の家を訪れた夜、不意に抱いた殺意が、時折加奈彦の胸をかすめる。

（死んでくれれば一番簡単なんだ）

　そう思いながら、運ばれて来たスパゲッティを食べはじめる。冬美も黙って食べ出す。

（この女は、何を話そうとしているのか）

加奈彦は何気なく、通路を隔てた斜め向いの席を見た。思わずフォークを取り落すところだった。いつのまに来たのか、じっと自分に視線を向けている田條九吉がそこにいたのだ。加奈彦の顔は蒼《あお》くなり、そして赤くなった。加奈彦は立ち上った。田條がニヤリと笑った。

「いやあ田條さん、この間はどうも」

「ご多忙らしいですね。相変らず」

田條は意味ありげに冬美を見た。

「いやあ……」

加奈彦は頭をかき、

「あの件は……今週中にまとまった分をお知らせしますよ」

「それを聞いて安心しました。じゃ、どうぞごゆっくり」

加奈彦は席に戻った。が、すぐ目と鼻の先に田條がいるのでは落ちつかない。

「どなた?」

冬美が小声で聞いた。

「仕事関係の人でね」

加奈彦はいい、スパゲッティを口に入れたが、味がわからなかった。その加奈彦に冬美はいった。

「加奈彦さん、責任をとるという約束はどうなったの」

「それどころじゃないんだよ。前にも言ったろう、会社が今大変なんだって」

「それどころじゃない？　結婚って、人生の一大事よ。それより大事なことがあるの」

「わかったよ、わかった。まあ食事をすませてから、その話はどこか公園でもしようじゃないか」

「公園で？　いやよ、わたしの部屋にいらっしゃいよ」

　スパゲッティをフォークに絡《から》ませながら、冬美は加奈彦の言いなりになろうとはしない。

「わかったよ。人に聞えるじゃないか」

「聞えたっていいじゃない？　聞かれて困る話をしてるわけじゃないわ」

　冬美はごまかされまいと、必死だった。加奈彦は黙ってスパゲッティを食べつづけた。

田條が斜め向いで、黙々とコーヒーを飲んでいる。その姿が全身を耳にしているように、加奈彦には思われた。

「それに……」

　少し上目づかいに、冬美は加奈彦を見た。

「あとで聞くよ」

　一瞬、悲しげに冬美の目がまばたいた。が、

「わたし、お腹に赤ちゃんがいるのよ」

　と、静かにいった。

「え!?　そんな馬鹿な」

　思わず加菜彦のほうが大きな声を上げた。冬美は黙って加奈彦を見つめ、野菜サラダのガラス鉢を手前に引いた。それがひどく落ちついて見えた。

「ほんとかい、冬美」

　加奈彦は低くいった。

「あとでゆっくり話しましょう」

　冬美は冷静にいい、

「今夜はあたたかいわね」

　と、微笑さえした。加奈彦は落ちつかず、

「出よう」

　と立ち上った。すると、田條も立ち上った。加奈彦はあわててすわった。田條もすわった。

「もったいないわ。いただくものをいただいてから出ましょうよ」

　冬美は加奈彦を見た。加奈彦は田條を見つめていた。

サングラスの男

おせんころがし

おせんころがし

一

大声で電話をかけている同僚の声が、ひどく耳にうるさい。加奈彦はいらいらと腕時計を見る。どこかでまた電話のベルが鳴る。その音も耳に刺さる。

（疲れているんだな、俺は）

どんよりとくもった空を見る。変に生あたたかい。しかし暗い日だ。加奈彦はまた時計を見る。時計を見なければならぬ必要は別になかった。が、今日はなぜか時計にばかり目がいくのだ。

（三時半か）

加奈彦はじっと時計を見る。日付板が17と出ている。17という数字に、加奈彦はラッキー・セブンという言葉を思い出した。加奈彦は唇を少し歪《ゆが》めて笑い、再び書類に目をやる。文字に目がいくだけだ。何度も読み返すうちに、目の芯《しん》が痛くなる。思うともなく、この間会った冬美のことをまた思っている。

（赤ん坊ができたか）

冬美のアパートに行って、その腹に手を当てさせられた。

「ね、この中に、わたしたちの子がいるのよ」

冬美は、勝ち誇ったように言った。自信に満ちた表情だった。

「今生んでもらっちゃ困るな」

「あら、どうして？　どうして駄目なの」

冬美は加奈彦の贈ったエンゲージリングの光る指を、目の前に突き出した。

（女って、変るものだなあ）

加奈彦はその時、心の底から冬美がしぶとい女に思われた。初めて会った時、取れそうだった自分の背広のボタンをつけなおしてくれた時の冬美は、いかにも愛くるしく思われた。冬美の部屋を訪ねる度に、心をこめて料理を作ってくれる姿は、いかにも優しい妻になる女に思えた。

（どこで変ってしまったのだろう）

加奈彦は、冬美のもとから次第に足が遠のいたこと、専務の娘登志枝《としえ》と親しくなったことが、冬美をどんなに苦しませ、大きく変化させたかを、まだ実感として感じていない。つまり、自分のせいだとは加奈彦は思っていないのだ。もっと素直に、自分の思い通りになる女だと、たかをくくっていたのだ。結局、あの日、おろす、おろさないと相互に言い張って、そのまま別れた。

「やっぱり、専務さんの娘さんと結婚するのね」

と、冬美は言って、激しく泣いた。

「ちがうよ。結婚するのは冬美とだ」

心にもないことを加奈彦は咄嗟《とっさ》にいった。

そうでも言わなければ、冬美は何もかも、専務や登志枝にぶちまけそうな気がした。

(子供が生れたら、認知を強《し》いられるだろう)

「冗談じゃない」

口に出して、加奈彦が吐き捨てるように言った。部下がけげんそうにちらりと加奈彦を見た。机の上の電話が鳴った。加奈彦は一瞬おびえるような目で受話器を見つめたが、いたしかたなく手に取って耳に当てた。

「もしもし、町沢さんですね。外から電話が入っています」

「どなたから?」

「お尋ねしましたが、お名前をおっしゃいません」

「男の人?」

「ええ男の方からです」

交換手はいらいらしたように、

「おつなぎします、お話しください」

と切りかえた。

「もしもし……」

やむなく加奈彦は答えた。

「もしもし、町沢さんですね」

聞いたことのない声であった。

「ハア、町沢ですが、どちらさまでしょうか」

「ぼくですよ。わかりませんか」

不意に声が変った。田條九吉《でんじょうきゅうきち》の声だった。

「あ、田條さん」

「ぼくは七色の声を持っているんでね」

再び若い男の声に戻って、田條が笑った。きれいなテノールだった。加奈彦はひどく無気味な思いがした。得体の知れない田條の恐しさを再び見せられたような気がした。

「例の件、ね、この間、中間報告するっていう話だったが、連絡してくれないんでね」

「すみません」

「今日会ってくれますね」

「ハ、お目にかかります」

加奈彦は思わず頭を下げた。瑛子《えいこ》の父の客の名は、瑛子から少し聞き出してはいる。が、田條九吉に会うことは、何となくためらわれた。

この間銀座の野バラで冬美と会った時、思いがけなく田條も同じ店に来ていた。それが加奈彦をおびえさせた。その上、冬美の問題が加奈彦をいら立たせていた。

「じゃ、歌舞伎座《かぶきざ》の前でお待ちしていますよ。五時十五分。いいですね」

「よろしいです」

「じゃ、まちがいなく五時十五分」

電話が切れた。小鼻に汗が噴き出ている。加奈彦はハンカチで汗をぬぐい、吐息をついた。何となく、登志枝との結婚はできないような気がした。思っただけで目まいがした。登志枝と結婚すれば、まちがいなく出世コースをたどることができるのだ。

（しかし……）

冬美の顔を思い出して、加奈彦は舌打ちをした。

二

田條九吉の指定したとおりに、加奈彦は歌舞伎座前に急いだ。鮨屋のある角を曲ると歌舞伎座の建物が、通りを隔てて夜空に明るく浮き上がって見える。五、六基ある朱塗りのぼんぼりに電気が入ってい、六尺もある大提灯《おおちょうちん》に灯《ひ》が点《とも》っている。歌舞伎座のあたり一帯が何かなまめいて見える。が、信号が変るのを待っている加奈彦には、そんなふんいきには気づかず、只《ただ》田條らしい男の姿を目で探すだけだ。和服姿の女が二、三人、そして男が二人ほど、歌舞伎座の前にいるのが見える。だが田條の姿は見えない。

信号が青になった。胸に重しをのせられたような思いで加奈彦は交差点を渡った。やはり歌舞伎座前には田條はまだ来ていない。さっき見かけた女たちが、今駆けつけたらしい女と共に、館内に入って行く。大島を着た白髪の男が、櫓《やぐら》の前に立っているだけだ。加奈彦は時計を見た。五時十八分になろうとしている。

「まちがいなく五時十五分」

と、さっき言った田條の声が耳に残っている。あるいは田條は車で自分を迎えに来るつもりかと、車の流れに目をやる。広い通りを、何かに取り憑かれたように車が走っている。

信号が赤になると、それらが一斉にとまる。それが今の加奈彦には異様なものに思われる。いつも見る状景でありながら、やはり疲れているのかと、再び歌舞伎座をふり返る。玄関の前の大きな櫓の三方に「こびき町きょうげんづくし」と染めぬいた幕が張られている。紺地に白ぬきの鳳《おおとり》は歌舞伎座の紋らしい。

加奈彦は、誰かを待っているらしい着物姿の男を見た。ふさふさとした白髪、鼻下の口ひげも見事に白い。葉巻をくわえながら、左手で杖をついている。

加奈彦は、はてなと思った。その男の白髪と口ひげにおぼえがあった。たしか専務の家の玄関で、この男を見かけたことがある。不意に加奈彦は不安になった。ここで田條と会うのを、専務の知人に見られてはならないような気がした。田條は得体の知れない男だ。もしかすると、この男は田條とも顔見知りかも知れない。ぶらぶらと歩くふりをして、加奈彦は男から遠ざかった。

男は庵《いおり》看板を見上げている。ずらりと並んだ庵看板には、勘亭流《かんていりゅう》で役者の名がずらりと書かれてある。加奈彦は朱塗りのぼんぼりに挿《さ》された紅葉のさし枝を眺め、再び車の流れに目をやる。

外車がすっと近づいて来た。田條かとハッと息をのむと、中から六十ぐらいの男と、二十代の女が降り立ち、車は去った。

（田條はどうしたんだ、交通事故でも起したのか）

と加奈彦は思う。あんな男は、事故で死んでくれればこっちが助かると、またいらいらと腕時計を見る。外題《げだい》の「伝授山姥《やまうば》」「籠釣瓶花街酔醒《かごつるべさとのえいざめ》」の文字がむなしく目にうつる。再び時計を見る。まだ来てから五分と経っていないのに、二、三十分は待った心持ちだ。

「どなたか、人をお待ちですか」

男が近づいて来た。

「ハア」

加奈彦は警戒するようにうなずいた。

「あなたの待っているのは、田條という男ですね」

「えっ？」

驚きの声を上げた加奈彦に、男はがらりと声を変え、

「まだわからないのか、俺だよ、田條だ」

と笑った。

加奈彦は声も出なかった。何という見事な変装ぶりだろう。田條九吉は角刈の男だった。それが白髪のかつらをかぶり、白い口ひげをつけ、いつもの黒眼鏡を外し、和服姿になっているだけで、全くちがった人物に見えるのだ。田條と言われて、改めて見直しても、そ

れとは到底思えぬほどに見事な変貌《へんぼう》ぶりであった。

「あんたの、わしを待っている姿を、おもしろく観察させてもらいましたよ」

「どうも……」

苦笑するより仕方がなかった。

田條は銀座の方に歩き出す。加奈彦も肩を並べる。

「見事ですねえ」

さっきの声色《こわいろ》といい、今の変装といい、加奈彦は只度肝《ただどぎも》をぬかれるばかりだった。

「そりゃあお手のもんですよ。昔から探偵と変装はつきものじゃありませんか。わたしも興信所をやっている人間ですからねえ。探偵の真似もするわけですよ」

杖のつき方も堂に入っている。これが本当の田條の姿ではないかと思われるほどだ。

「しかし、町沢さん、あんたは今日は何か、ひどくいらいらしているようですね」

いつもの田條の声なのが、ふしぎなくらいだ。

「そうですか、そう見えますか」

「見えますよ。幾度も時計を見たり、通りを見たり、少しの落ちつきもない。おまけに顔にケンがある」

「少し疲れているものですから」

「そりゃあ、そうでしょう。あの冬美という女の子には手こずっているようですね」

加奈彦の足がとまった。

「あの子がついていちゃあ、専務のお嬢さんとの結婚は無理でしょうな」

断定的に言う田條に、加奈彦は黙ってうなずいて、再び歩みを合わせて行く。

「まあ、あの子とはうまく別れるんですな」

「しかし……」

「別れてもらえないからといって、妙な気持を起しては、一巻の終りですよ」

「妙な気持?」

何もかもこの男は見とおしていると、加奈彦は薄気味悪げに田條を見た。

「それはそうとして、約束のものをいただきましょうか」

「これですが」

立ちどまって加奈彦は、背広の内ポケットから二つに畳んだ封筒を出した。

「おお、おいしそうな柿が入っていますね。買って行きましょうか」

明るい電灯の下に、柿やみかんやりんごがみずみずしく並ぶ果物屋の店先で、田條は立ちどまった。

「ぼくが買います」

あわてて加奈彦は言い、店に入ると、

「柿を五つ、いや、七つ」

と言いなおした。田條は黙って、今渡したばかりの紙片に鋭い目を走らせている。加奈彦はぞっとした。自分が何かに巻きこまれていくような不安を感じたのだ。

店員はまだ新入りなのか、動作がのろかった。包装紙を不器用に包みかえしている。包みのひもを恐る恐る十字に結び、ようやく加奈彦の手に渡してくれた。金を払ってふり返ると、田條の目が笑っていた。

店を出て歩き出すと、田條は加奈彦の肩をぽんと叩《たた》き、

「ありがとう、これでやっと、わからなかったことが見えて来たよ。わしの今までの調査では、どうしても引っかかって来なかった二人が、この中にいる。この二人が入っていたとはねえ」

よほどうれしかったのか、声こそ低めてはいるが、喜びをおさえきれない語調だった。

「そうですか、お役に立ちましたか」

内心いまいましく思いながらも、加奈彦は答えた。

「いや、役に立ったどころじゃありませんよ。何か礼をしなくちゃぁ。何でも、わたしのできることをやってあげましょう。しかし、このあと、もう少し報告をつづけてくださいよ」

田條は上機嫌だった。

三

加奈彦はゆったりとソファに坐《すわ》って、庭を眺めている。妻の登志枝が鼻唄をうたいながら、食器を洗っている。日曜の午前らしいのどかさだ。銀杏《いちょう》の黄葉が日に透いて輝く。僅《わず》か三十坪ほどの庭だが、銀杏に並んで、低い五葉松、今を盛りに紅葉した楓《かえで》、槙《まき》、桜などが青い芝生の向うにほどよい間隔をおいて植えられている。道路を隔てた向いの家々も似たような広さだが、今年建てたばかりの加奈彦の家は、井之頭《いのかしら》公園に近いこの界隈《かいわい》でも、きわだって新しい。登志枝の父溝渕《みぞぶち》専務の持っていた古家を取り壊して新築したのだ。

何となく加奈彦はにんまりとしてタバコに火をつける。

「ねえ、あなた、わたしも北海道について行きたいわ」

明日加奈彦は札幌《さっぽろ》に出張するのだ。登志枝はぷりぷりとひきしまった腰を加奈彦に押しつけるようにして、横に坐る。五月に結婚して、まだ七カ月だ。結婚前から、登志枝はなまめかしいまなざしを見せる女だったが、結婚した今は一層つやのあるまなざしだ。美人という顔ではなくても、口もとに目もとに妖《あや》しいふんいきのある女だ。

「うん、つれて行きたいねえ」

ついて来ないことを承知の上で、加奈彦は調子よく答える。札幌のGホテルで、瑛子が待っている筈《はず》なのだ。瑛子も、今年四月、さる実業家と結婚した。相手は瑛子よりひとまわり上の多畠井《たはたい》という男だ。今、アメリカに旅行中だという。前の妻と協議離婚をしていて、高校生の息子が一人いる。離婚の理由は、多畠井に女ができたということだった。が、別れた妻も今は結婚していて、その相手の男とはかなり古くからのつきあいだったという。

「どちらがどうなのか、わからなくってよ」

瑛子が笑った時、

「あなたに似た人かも知れませんね」

と、加奈彦は皮肉った。

さすがに加奈彦も瑛子も、結婚してからはそう度々は会えない。それだけに今度の札幌への出張は、加奈彦にとって大きな楽しみだった。

「あら、行ってもいいの、あなた」

まさかついて来るとはいうまいと思ったのに、登志枝は喜びの声を上げた。

「ああ、いいとも、行くかい、君も」

さりげなく言いながらも、加奈彦は内心舌打ちをした。その加奈彦の顔をじっと見ていた登志枝は、

「大丈夫ね、その顔だと。わたしが札幌に行っても、そう迷惑でもなさそうね」

と言い、

「じゃ、おとなしくお留守番してるわ。パパにこの家を建ててもらったんだから、わたしも少しはおとなしくしなくては」

と、神妙に言った。内心はほっとしながらも、

「何だ、がっかりさせる」

と登志枝の肩を抱きよせた。

（何もかも、うまく行っている）

妻の肩を抱きながら、加奈彦は満足だった。去年の今頃を思うと、加奈彦はぞっとする。冬美のことはつとめて思い出すまいとしながらも、やはりつい思い出す。冬美を消した当座は絶えずおびえていた。田條が、

「絶対にバレることはない」

と、保証してくれたが、会社でも家でも、電話が鳴る度に、ぎくりとした。人が訪ねて来ると、刑事ではないかと不安におののいた。が、一年経った今では、その不安にもかなり馴《な》れた。もう決して発覚すまいとまでは思わないが、冬美のことを忘れている時間のほうが多くなった。とはいえ、見知らぬ人間が家の前に立っている時など、もしや発覚した

のではないかと、全身から血の引く思いをすることがある。

「ねえ、あなた、北海道から帰ってきたら、一度ドライブにつれて行ってくださらない？」

登志枝が加奈彦の肩に頭をのせて甘える。加奈彦は以前車を持っていなかった。免許証だけは持っていたが、車を買おうにも敷地に車庫を建てる余裕がなかったからだ。登志枝は、冷蔵庫はなくても、車だけは欲しいと言って、結婚と同時に車を買った。登志枝も二、三年前から車の運転はしている。

「ああ、いいよ、どこへ行く？」

今度の出張についてさえ来なければ、どこへでもつれてってやろうという気に、加奈彦はなった。

「そうねえ、伊豆《いず》は行ったし、箱根《はこね》も熱海《あたみ》も、軽井沢《かるいざわ》も日光《にっこう》も……ずいぶんあちこち二人でドライブしたわねえ」

「そうだなあ」

平和な会話だと、加奈彦は満足だった。

「でも……房総《ぼうそう》のほうにはまだ行っていないわねえ」

「ああ」

加奈彦はぎくりとした。

今まで登志枝が房総のほうに誘う度、加奈彦は伊豆のほうがいいとか、富士山麓《ふじさんろく》がいいとか、箱根がいいとかいって、避けて来たのだ。

「じゃ、今度は房総に行きましょうよ。おせんころがしとかって、わたし、一度行って見たいわ」

「おせんころがし？」

息の根がとまりそうな思いだったが、さりげなく加奈彦は、タバコを口にくわえた。

「あなた行ったことがある？ おせんころがしに」

「いや、おせんころがしって、知らないな。珍らしい地名だね」

舌がもつれそうな思いだった。タバコをくわえていてよかったと思うほどだった。

冬美は、おせんころがしから十五分ほど車で行った所の、鵜原理想郷《うばらりそうきょう》の崖《がけ》から突き落されたのだ。その崖をあとで加奈彦もひそかに見に行って知っている。

「何か凄《すご》い所らしいわ」

「凄い所か。どっちかというと、ぼくはやさしい景色が好きだな」

「あら、わたしは体がふるえそうな、深い断崖《だんがい》とか、切り立ったような高い山とかが大好きよ」

「ぼくは波のないおだやかな生活が好きだ」

「そりゃあわたしだってそうよ。でも、生活と景色とはちがうじゃないの」

おかしそうに登志枝は笑った。何の憂《うれ》いもない笑いだった。

四

飛行機は満席だった。今、松島《まつしま》の上空を通過したと、機長がアナウンスしたが、あいにくとくもっていて、地上の様子は見えない。加奈彦は雪原のように輝く眩《まば》ゆい雲の原を、じっと見つめていた。先ほどからしきりに話しかけて来た隣りの男は、口を半開きにして眠っている。男は北海道の北見市で土建業を営んでいるといった。

十二月に入ったとも思えない強い太陽の光りが、窓越しに加奈彦の片頬《かたほほ》を刺す。雲の上の青空は透明だった。遠くに墓石が二つ三つ並んだ形の雲が見える。その横に森に似た雲がつづく。墓に似た雲を見つめながら、ふっと加奈彦は冬美を思う。

あの夜の自分は、確かに異常だったと、加奈彦は一年前を思い出す。いくら田條九吉が上機嫌であったにせよ、

「冬美から逃れたいんです。永久に」

などと、なぜ自分はいったのだろう。幾度も思ったことを、今また加奈彦は思う。その自分の言葉に、

「つまり、消してくれということか」

と、目に異様な輝きを見せた田條も、あの夜は尋常でなかったような気がする。あの日二人は、歌舞伎座の前で会い、銀座のほうに歩いて行った。途中で加奈彦は、瑛子のメモを、田條九吉に渡した。それが田條を狂喜させた。つまりはあの狂喜が、

「君、何でも言い給え。わしにできることなら、何でもやって上げるよ」

という言葉を言わせたのだ。だからと言って、なぜあんなことを頼んだのか、自分自身でも信じられないことだった。

「わかったよ。わしに委《まか》せておきな」

田條は胸を叩いて言った。

「ところであんたも現場に立ち会うか」

加奈彦は身ぶるいした。死んでくれさえすればいいのだ。少し経ってから加奈彦は言った。

「田條さん、あいつは、ぼくのやった婚約指輪をはめています。それにはイニシアルが彫ってあるし、年月日も掘ってあります。それで……」

終りまで言わせず、田條はうなずいた。

「つまり、その指輪だけは持って来てほしいと言うんだろう。わしはトーシロじゃないよ。やる時は、身ぐるみ一切はぎ取って手がかりになるものは残さないというのが、わしのやり方だ」

ピクニックの相談でもするような、呑気《のんき》な顔だった。

「ばれりゃあ、誰よりも自分がやばい。充分に気をつけるから安心しな。但《ただ》し、あんたの思いどおり結婚しても、瑛子夫人からの情報だけは、今後もつづけてくれるだろうね」

田條にとっては、冬美を消すことなど朝飯前のようであった。田條には、瑛子からの情報をもらうことのほうが、はるかに重大なことのようだった。

そして、幾日も経たぬうちに田條が会社に訪ねて来た。

「どうだい、あんた一緒に、わしとドライブしないか。やはり、立ち会ったほうがいいんじゃないのかね」

会社の玄関前で、田條は加奈彦を誘った。が加奈彦は、

「いや、お委せしますから」

と、早々に田條と別れた。

墓石のように見えた雲が、いつのまにか崩れて丸くなっている。冬美の家族は旭川市《あさひかわし》に今もいる筈《はず》だ。自分との交際を、家族は知っていたのかどうか、冬美が消されても、誰からも何の連絡もない。多分、自分の名前はハッキリと家族に伝わっていないにちがいない。婚約指輪をもらった冬美のほうにしても、それを誇らかに家族に告げるには、ちゅうちょがあったのではないかと思う。なぜならあの指輪は、冬美にせがまれてやったものだった

からだ。冬美は、加奈彦の次第に離れて行く様子にいら立っていたのだ。

そんなことを思い出していた加奈彦は、ハッとした。加奈彦の席は後方にあった。その五つ六つ前方の席から、トイレに立って行った男がある。少し右肩上りの瀟洒《しょうしゃ》な背広姿は、まぎれもなく上原常務だった。上原常務が同じ飛行機で北海道に行くとは、夢にも思わなかった。

加奈彦の胸は波立った。昨夜加奈彦は、公衆電話から瑛子に連絡した。瑛子は、

「あたくし、あなたのお着きになる三十分前に、千歳《ちとせ》に着いていてよ。千歳から、同じ車で参りましょうよ」

その楽しげな言葉に誘われて、加奈彦は快諾したのだ。さして顔の広くない加奈彦だ。北海道で、そうそう知人に会うとは考えられなかった。

(悪い奴《やつ》と同じ飛行機になったものだ)

近頃、ますます社長派と専務派は対立している。四月、社長が高血圧で倒れたことが、それに拍車をかけていた。次期社長には、溝渕専務がなる公算が大きかった。その専務の娘が加奈彦の妻だ。上原常務は、社長派の先頭に立っている。人柄がおだやかで、目障りな行動はしないが、頭は切れる。人望もある。その常務に、瑛子と千歳で落ち合うところを万一見つけられては、事が面倒になる。しかも、瑛子は人目に立つ派手な女だ。恐らく

まだ、上原常務は自分の存在に気づいていないにちがいない。一番最後に飛行機から降りようと、加奈彦は思った。

スチュワーデスがキャンディを配りはじめた。千歳が近いのだ。トイレから出る上原常務の顔がはっきりと見えた。加奈彦は体をずらして低くなり、顔をうつ向けた。上原常務は今年の正月早々、長い間病気だった妻を亡くしている。遠目にも、まだ三十代のような、軽快な身のこなしは、充分に若い女を魅《ひ》きつけそうであった。

(瑛子の好みそうなタイプだな)

最初瑛子は、加奈彦を初心《うぶ》な男と見たようだった。積極的な男には、魅力がないと今も常々言っている。だから加奈彦も心得て、受身に受身にと廻《まわ》っている。上原常務はその点、四十を過ぎていながら、女性に積極的に働きかけるタイプには見えない。加奈彦はかすかな不安を覚えた。

機体がぐんぐん下降しているのが身に伝わってくる。加奈彦は人の肩越しに、斜め前方にいる上原常務を見つめていた視線を、窓外に向けた。雲はいつしか切れていて、海が、純白の大地と対照的な深い青い色を見せていた。苫小牧《とまこまい》の町が見えはじめた。白い煙を太い煙突から盛んに上げているのは王子製紙工場らしい。あと十分もすれば千歳空港に着く。札幌から苫小牧に至る国道を走る車が、玩具《おもちゃ》のように小さい。人家のほとんどない雪原に機影をかぐろく落として、飛行機は飛んでいる。

やがて、飛行機は大地に軽くバウンドして着陸した。俄《にわ》かに速度が増したような錯覚を覚えた。白い大地がうしろに飛びすさる。と思うまもなく、飛行機はゆっくりと徐行しはじめた。

(これからが事だ)

窓際にいる加奈彦は、人々が立ち上っても、じっと席に坐《すわ》っていた。何百人かの最後に降り立てば、上原常務と顔を合わさずにすむ筈《はず》だった。

一番最後に降り立った加奈彦は、思わず首をすくめた。冷たい風が襟元《えりもと》に吹きつけた。いかにも北国に降り立ったという実感だった。ズボンの裾《すそ》にも、刺すような風だ。

ゲイトを通った加奈彦はハッとした。先に降りた客たちが、手荷物を持って、丸く輪になっている。その中に上原常務の横顔が見えたのだ。幸い加奈彦は、小さな書類バッグだけで、受け取らなければならぬ荷物はない。常務に気づかぬふりをして、加奈彦はさっと足早に通り過ぎようとした。

と、その時、

「おお、町沢」

と、大声で呼ぶ者があった。ふり返ると、大学時代の友人崎村だった。崎村は、上原常

務の一人おいて隣りにいた。加奈彦は内心舌打ちをしたが、

「やあ、乗ってたの、知らなかった」

と答えた。一緒に札幌まで行こうなどと言われては大変なことになる。瑛子は出口で待っている筈なのだ。加奈彦は尋ねた。

「君も札幌まで出張？」

級友だけに、すげなく立ち去ることもできない。

「いや、ぼくは苫小牧の叔父が死んでね」

「そりゃ、大変だね、何の病気？」

苫小牧と札幌は反対方向である。加奈彦はホッとした。上原常務にはあくまで気づかぬふりをして立ち去ろうとした時、

「やあ、町沢君、一緒だったんですね」

と、上原常務が声をかけて来た。避けよう避けようとして、遂にぶつかってしまったのだ。

（なに、瑛子との待合せさえ見つからなければ……）

度胸を据《す》えた加奈彦は、さも驚いたように言った。

「ちっとも知りませんでした。ご出張ですか」

「いや、ちょっと私用でね。旭川まで」

「えっ⁉　旭川?……」

　驚く加奈彦に上原常務はおだやかに微笑して、

「いや、今夜は札幌だが……　君、ホテルは?」

「いや、ホテルは、あの、どこかビジネスホテルを探します」

　瑛子と泊まるGホテルの名をいうわけにはいかない。加奈彦は上原常務に一礼し、崎村に、

「じゃあ、元気でな」

　と、その場を離れた。幸い二人はベルトで運ばれて来る自分の手荷物を探すために、加奈彦から目を外《そ》らした。入口に近づいて行くと、出迎えの人々から少し離れて、瑛子のあでやかな笑顔があった。加奈彦は、遠くから唇に人さし指をあて、

(黙って)

　の合図をした。心得た瑛子は、そ知らぬ顔で、先にタクシー乗り場のほうに出て行った。加奈彦は上原常務のほうをふり返り、まだ荷物を待っている背に目を当てるや否《いな》や、小走りに外に出た。

　黄色いハイヤーの中から、瑛子が顔を出した。駆け寄った加奈彦が乗りこむと、車はすぐに走り出した。思わず吐息をついた加奈彦は、

「ひやひやしましたよ」

「大丈夫よ、あたくしヘマはしないことよ。あなたが誰かに呼びとめられて、お話していらっしゃるのを見たから、あたくし少し離れてお待ちしていたのよ」

瑛子は、うすいストッキングをはいた足を、そっと加奈彦の足に絡《から》ませて来た。

「見ていたんですか」

「見ていたわ。二人も知ってる方がいらしたのね」

「……………」

「あの中年の方、ちょっとすてきじゃない？」

「そうですか」

「どなた？」

「常務です、うちの……」

「あら、常務さん？　もちろん奥さんがいらっしゃるのね」

答えずに、加奈彦は瑛子の背に手を廻した。毛皮の柔いオーバーの下に、瑛子の豊かな体があった。

瑛子をGホテルの前でおろし、加奈彦はそのまま、札幌駅に近いKB建設の支社に向かった。支社での仕事を終え、支社の営業部長に誘われてススキノで食事をし、Gホテルに帰ったのは、十一時を過ぎていた。

瑛子の予約しておいてくれたシングルの部屋に通り、すぐに瑛子の部屋に電話した。待ちかねていたように、瑛子が出た。

「今帰ってらしたの」

「ぼくがそっちに行こうか、それとも……」

「お待ちしてますわ、お早くね」

情のある声だった。

カーテンをしめようと加奈彦は窓によった。眼下に水銀灯の幾つか輝く公園が見えた。それを見ると、疲れがほぐれて行くような気がした。キイを持って、加奈彦は廊下に出た。瑛子も同じ階である。ドアの下に、夕刊の挟《はさ》まれている部屋が幾つがあった。客がまだ街から帰っていないのであろう。

瑛子の部屋は、加奈彦の部屋から七つ目だった。ノックをひとつするとすぐにドアがひらかれた。瑛子は、ベールのようにうすい青いネグリジェを着ていて、いきなり加奈彦に体をもたせかけて来た。

加奈彦も瑛子も、少しとろっと眠ったようだった。加奈彦はスタンドの灯《ひ》で時計を見た。三時に近い。加奈彦が起き上ろうとすると、瑛子が目をあけた。

「もういらっしゃるの？」

「また今晩がありますからね」

「それもそうね。でも、札幌に来てまで別々の部屋に泊るなんて、味気ないことね」

「仕方がありませんよ。あなたは大事業家の多畠井夫人ですからね」

「そしてあなたは、ＫＢ建設の未来の社長さん」

　にんまりと瑛子が笑う。その瑛子の唇に、加奈彦はやさしく唇《くち》づけをして言った。

「あなたは素敵だ。登志枝なんか、較《くら》べものにならない」

「でも、奥さんはお若いじゃないの。あたくしより」

「女は若けりゃいいというものではありませんよ」

「またお上手をおっしゃって」

　瑛子は半身を起し、バッグの中からメモを加奈彦に手渡した。

「感謝します、女王様」

　大仰に押しいただく加奈彦を見て、

「そんなメモがありがたがられるなんて、ふしぎだわ。何のお役に立っているのかしら。今のところ、父の仕事はそう変りがなくってよ」

「それは、やっぱりあなたのメモのせいかも知れませんね」

「あら、どうしてかしら？」

「何せあなたのお父さまは、咳《せき》ひとつしても、実業界の風向きを変える方ですからね……」

いいかけて、加奈彦は口を閉じた。このメモは舅《しゅうと》の溝渕専務が必要だということにしてあった。が、実は田條九吉の手に渡っているのだ。田條は目端のきく男で、このメモを最も効果的に使うことに変更したようだった。そのために、瑛子の父は損をするどころか、得をしているようである。そのことをうっかり加奈彦は洩《も》らすところだった。

五

北海道から帰ると、東京の暖かさがありがたかった。瑛子との二日間は、加奈彦を充分に満足させた。

瑛子は別れる時に言った。

「多畠井が東京に帰ってきても、今までのようにお会いしましょうよ。大きなホテルを使えば、誰にも気づかれる心配はありませんわ」

既に田條に知られて、録音までとられていることを、瑛子はまだ知らない。しかし確かに、特に尾行でもされない限り、東京という大都会は、誰がどこで何をしているか、お互いにわからない所だった。殺人事件さえ、警察にも気づかれずに、闇から闇に葬られていく。

(冬美のことだって)

幾分ふてぶてしく、加奈彦はそう思う。

そんな加奈彦に妻の登志枝は、北海道に行く前の約束を忘れてはいなかった。

「あしたは土曜日よ。会社が退《ひ》けたら、すぐ出かけましょうよ」

金曜の夜、登志枝はうきうきと言った。

「出かける？　どこへ」

　加奈彦は忘れたふりをした。

「おせんころがしよ、約束したじゃないの」

「おせんころがし？　しかし、今はもう何も見るものもないだろう、紅葉も終わったし……」

「いいのよ、紅葉なんか。わたしは只《ただ》、十二月の海を見たいのよ。そしておいしい魚を食べたいのよ。それにおせんころがしっていう所が見たいのよ」

　登志枝は行きたい理由を並べたてる。加奈彦は読みかけの新聞に目を戻して言った。

「ああ、そうか。じゃ、お千ころがしでも、お百ころがしでも、どこへでもつれてってやるよ」

　変に避けては、かえって不審に思われはしないかと、加奈彦はうなずいた。

「うれしいわ。おいしいお弁当をつくって行くわ。会社が退けたら、すぐに出かけられるように、わたし車で迎えに行くわね」

　登志枝は機嫌よく言って台所に立って行った。

　再び新聞を見ていた加奈彦の目が、大きな見出しに吸いよせられた。

〈家出人、年に十万を超える〉

　新聞には、捜索願いが出ても、行方のわからぬものが、甚《はなは》だ多いこと、変死体の身元確認の困難なケースが多いことなどが書かれてあった。

(冬美のアパートはどうなってるだろう)

一度、近くまで行って見たことはあるが、さすがに尋ねる気にはなれなかった。冬美は、隣近所につきあいもなかったらしいし、管理人が、別棟《べつむね》に住んでいた。冬美が行方不明になっても、すぐに騒ぎ立てる者は誰もいない筈《はず》だった。故郷の親や妹とも、そう度々便りを交わしてはいないようだったから、便りのないのは無事のしるしぐらいに、家族ものんきに構えていたことだろう。一体いつ誰が、冬美の行方不明を、一番先に気づいたことだろう。

冬美は料理などが好きだったが、文章を書くのはそれほど好きなほうではなかった。日記も書いてはいなかった筈だ。しかし、もしかしたら、自分の会社の電話番号など、どこかにメモしてあったかも知れない。そこに自分の名が記されていなかったか、どうか。いや、東京で知人の少ない冬美は、只電話番号だけを手帳に記してあった程度かも知れない。もし名前がなければ、KB建設に電話をかけたところで、千人近い職員を調べようがなかったであろう。

とにかく、冬美の死後、誰からも何の問い合わせもこなかったところを見ると、自分には何の嫌疑《けんぎ》もかかっていないのだ。新聞には、

「特に大都会に家出をした者たちは、孤独な中で、第二の人生をはじめる者が多い。警察と

しても、大都会の家出人を探すことは、大海に落した宝石を探すに似た困難さである」

　と結ばれてあった。

「大海に落した宝石か。探しようがないな」

　新聞を四つに折り畳んで、加奈彦はニヤニヤして茶碗《ちゃわん》を洗っている登志枝に声をかけた。

「登志枝、それで、明日の晩はどこに泊まる？」

「いい所よ。わたし、ちゃんと予約してあるの。ところでねえ、おせんころがしの伝説、教えてあげようか」

「……ああ」

「何でもね、おせんという親孝行な娘がいたんですって。ところが父親はすごく強欲非道でね。おせんは心を痛めていたらしいの。で、とうとう父親をいさめるために、身投げをしたらしいのよ」

「なあんだ、自殺をしたのか。他愛《たわい》のない伝説だな」

　ほっとしたように加奈彦は相槌《あいづち》を打つ。

「そうねえ。でもわたし、おせんって自殺したのか、その父親に突きおとされたのか、本当のところはわからないと思うのよ」

　登志枝は自分の言葉が、どれほど加奈彦をギョッとさせたかを知らなかった。

おせんころがし

おせんころがし

披露宴

披露宴

一

上原常務の結婚式が、今日午後一時からホテルニュー大滝で行われる。

ソファにすわった加奈彦《かなひこ》は、美容室から帰って来た妻の登志枝《としえ》の、すみれ色の裾《すそ》長いイブニングドレスを、美しいと眺めていた。出かけるまでにまだ時間が三十分ほどある。

登志枝はさっきから三面鏡の前に坐《すわ》って、眉にブラシをかけたり、口紅をぬりなおしたり、立ち上がって自分の姿に見とれたり、いっこうに飽きるふうがない。

(この世に、自分ほど見とれるに価《あたい》する存在はないのだろうな)

結婚当初より、ぐっと豊かになった登志枝の腰のあたりに目をやりながら、加奈彦はつい二、三日前に会った瑛子《えいこ》の体を思い出す。瑛子の腰はもっと豊満で熟している。そう思った時、登志枝がふり返った。

「ねえ、あなた。お化粧いいかしら、これで」

「いいともさ。そのすみれ色が、君をぐっとチャーミングに見せているよ。とてもよく似合うよ」

「そう、うれしいわ」

　登志枝はそっと裾をつまんでしなをつくりながら、

「ネックレスは、やっぱりこの真珠でいいかしら。太い金も合うような気がするんだけれど」

「いやあ、真珠のほうがいいよ。真珠のほうが上品で、ぼくは好きだな」

　そんなことは加奈彦にとって、本当はどうでもいいのだ。

「ねえ、あなた。母が言ってたわ。上原常務は再婚でしょう？　それなのに、ニュー大滝なんて、あんな一流のホテルでよくも披露宴をするものだって」

「まさかＫＢ建設の常務が、二流の所で披露もできまいさ」

「そうよねえ。でも、母はね、二度目の時はひっそりとするものなのにって、笑ってたわよ」

（専務の妻としては、ライバルの常務のすることは、何でも笑いたいものさ）

　言いたい言葉は出さずに、

「まあ、お母さんのいうとおりだよ」

　こう言っておくのが無難だと、加奈彦は心得ている。万事、専務一家にも妻の登志枝にも逆らわない。結婚して十カ月、加奈彦は専務の娘と結婚したということがどんなことか、いやというほど身に沁《し》みてわかった。結婚以前に増して、専務一家に敬意を表さなければならない。少しでも油断をすると増長しているとみなされた。妻の登志枝にさえも、正面切って反論はできない。すぐに奇妙なうす笑いが返ってくるからだ。

（あなたは、そんなことを言える立場なの）

そのうす笑いは、そういっているように加奈彦には思われた。また会社では、今までより頭を低くしなければ、

「女房をかさに着て」

と、いう声がたちまち聞こえてくる。大方は、以前より加奈彦を丁重に扱ってくれたが、その腹の底では、

（うまくやりやがったな）

と言っているようで、落ちつかなかった。

そんな加奈彦にとって、瑛子とのひそかな情交は、幾重もの意味を持った楽しさだった。登志枝も、その父母たちも、社員たちも知らない自分独りの悦楽がそこにあった。

（ざまあ見ろ）

そう言いたい気持ちが、瑛子と会う度に加奈彦の胸に湧《わ》く。

「上原常務って、四十過ぎてるんでしょう」

「ああ、三にはなってるだろうな」

「それで、二十八の初婚の奥さんをもらうんですって」

「今時、珍しくないさ。六十の男に、三十娘がいく時代だからね」

加奈彦はタバコの煙で輪をつくる。

「上原常務は長いこと、奥さんが病気だったんでしょう」

「ああ」

「亡くなったのは、去年の正月だったわね」

「ああ、寒かったな、あの葬式は」

黒枠に入った上原常務の妻の、やさしい微笑を、なぜかはっきりと加奈彦は覚えている。

「ねえ、あなた。あなたもあたしが死んだら、一年経つか経たぬうちに、結婚するのね」

「馬鹿を言え。君はぼくよりずっと長生きするよ。女性は男性より長生きするようにできてるからねえ」

登志枝はまだ鏡台の前に立ったり坐ったりして、自分を眺めながら、

「それは、平均的な話でしょ。わたしだって、いつぽっくり死ぬかわからないわ。去年の暮だって、あんな熱を出してしまって……」

「ああ、十二月のあの熱か。あれはひどかったなあ」

あの熱はありがたかったと、加奈彦は思い出す。北海道への出張から帰った加奈彦に、登志枝は房総のおせんころがしに連れて行けとねだった。ところが当日になって、登志枝

は急に熱を出したのだった。三十九度近い熱が一週間もつづき、回復したのは正月間際《まぎわ》だった。あれ以来、登志枝は以前のように、おせんころがしに執着しなくなった。

「人の死んだ所に行きたいなんて、考えちゃ駄目ね。おせんの祟《たた》りがあるのかも知れないわ」

おかげで加奈彦は、田條《でんじょう》が冬美を突きおとした現場まで行かずにすんだ。

「あの時、わたしがあの熱で死んでいたら、あなた今頃、どうしていたかしら」

登志枝は流し目で加奈彦を見た。登志枝は妖《あや》しいまなざしをする女だ。見馴《みな》れていても、どきりとすることがある。今も加奈彦はどきりとした。その言葉とまなざしがぴったりと合いすぎていた。

「つまらないことをいうもんじゃないよ。ぼくは君が死んだら、一生結婚などしないよ」

「あら、そうかしら」

登志枝は自分のうしろ姿を鏡に写し、ちょっと体をくねらせた。

「当り前じゃないか」

「でも、上原常務だって、奥さんにはそんなこと言ってたのよ、きっと。男なんてずるいんだから。でもわたし、あなたが浮気でもしたら、死んでやるわ。相手を殺してね」

登志枝は艶然《えんぜん》と笑い、腕時計を見た。加奈彦は再びぎくりとした。が、

「もう、ぼつぼつ出かけようか」

と、さりげなく立ち上がった。

二

明るい三月の戸外から入って来ると、豪華なホテルの中も一瞬夕暮のように思われた。ロビーには、元はどこか華族の持ち物でもあったらしい立派なひな人形が飾ってあった。

登志枝は、

「まあすばらしい。うちのひな人形より、ずっと立派ね」

と動かなかった。そのめびなの顔は、どこか上原常務の先妻に似てるように、加奈彦には思われた。

(今度はどんな女をもらうのか)

加奈彦はそう思いながら、ひな人形を見た。

受付でプログラムをもらい、加奈彦はつとめて胸を張って、控え室に入って行った。今日社内から招かれるのは部長クラスまでで、その数は幾人もいない。若輩の加奈彦が招かれたのは、むろん専務の娘婿《むすめむこ》だからである。

加奈彦は緊張した面持《おもも》ちで、控え室の片隅に立った。加奈彦には顔見知りはほとんどない。加奈彦はプログラムをひらいた。新婦津田琴子《つだことこ》の父は、さる大手の会社の専務だと聞いている。確かKB建設と同じ規模の会社の筈《はず》だ。が、その津田がどんな人物か、加奈彦は知らない。加奈彦はプログラムを見、着席表を見た。客たちの名が刷りこまれている。あの常務に、こんなに知人があったのかと、その五百人ほどの客の数に、加奈彦は先《ま》ず驚く。上原常務は、

「今度はささやかにやりますよ」

と言っていたが、五百人ではささやかとはいえない。花嫁の父の、津田専務の関係者が多いのではないか。

有名な財界人が並び、大臣級の名も何人かある。中には画家や作家の名もあった。

「あ」

思わず声を上げて、傍《そば》の登志枝に突つかれた。

「どうなすったの」

「いや、別に」

財界の大立物、瑛子の父の名がそこにあったのだ。あの六井東三郎が出席するのだ。それが加奈彦を驚かせた。むろん、瑛子の父であるということの、自分とのつながりもあった。それはともかく、六井東三郎を披露宴に招くことのできるのは上原常務か、津田専務か、何《いず》れにせよその実力に、加奈彦は舌を巻いたのだ。瑛子がいつか言っていた。

「父はめったに、人様の結婚式に出ることはなくってよ。ああいうところに、ちょこちょこ出かけるのは、二流の人間のすることだと信じていますの」

その言葉を思い出し、よほどの親しい関係で、今日は出席しているのだだと、加奈彦は思った。

「あなた、父が参りましたわ」

登志枝が促した。むろん、挨拶に行けということである。あわてて加奈彦は、妻の示すほうに行った。ここでは登志枝の父もひどく小粒に見えた。グラスを持った白髪の紳士の前に幾度も頭を下げている。その挨拶がすむのを待って、加奈彦は、

「お父さん今日はどうも……」

と、あとは語尾を濁した。溝渕《みぞぶち》専務は、

「おお、ご苦労さん」

と言い、すぐに視線を登志枝に移し、

「仲々似合うじゃないか。まるで未婚のお嬢さんのようだ」

と、目尻《めじり》を下げた。加奈彦は登志枝の母にも頭を下げ、

「今日はいいお天気で、よろしうございました。お元気ですか」

と、専務に対するより、更にていねいに言った。

「元気よ。加奈彦さんも、お元気そうで何よりね。この頃少しもお見えにならないじゃない?」

「申し訳ありません。二、三日中に必ずお伺いいたします」

「そんなにあわてておいでにならなくてもいいわよ」

　夫人が笑った時、溝渕専務が、

「おお、ちょっと」

　と、誰かを見かけて、そそくさと立ち去った。

　銀盆にグラスを持ったボーイが近づいて来た。

「いかがでしょうか」

　差し出されて、加奈彦は赤いワインのグラスを取った。登志枝も取った。気がつくと、テレビに新郎新婦の神前結婚の様子が写されている。別室で、今結婚式が行われているのだ。どんな新婦かと目をこらした時、神主の姿が写り、拝礼する新郎新婦のうしろ姿が写って、テレビは切れた。形のいい新婦のうなじだけが加奈彦の瞼《まぶた》に残った。

(バックシャンということもあるからな)

　そう思いながら、加奈彦は再び壁際のほうに身を寄せた。椅子に腰をおろしている者、立って語り合っている者、広い控え室には、人があふれ、紫煙が流れていた。

　やがて宴会場のドアが大きくひらかれ、披露宴の開始を告げるアナウンスがはじまった。

「行きましょうよ」

うきうきと登志枝が言ったが、

「ぼくたち若輩は、あとから行ったほうがいいよ」

「あら、なぜ?」

「皆さん、錚々《そうそう》たる方ばかりだからね」

「かまいませんよ、そんなこと」

加奈彦の言葉に、かんに障ったように登志枝は言い、さっさと列に加わった。

新郎新婦が入口の金屏風《きんびょうぶ》を背にし、一々ていねいに来客に頭を下げている。ひげ剃《そ》りあとの青い、和服姿の上原常務は、四十代とは見えぬ若々しい横顔を見せている。その横に、つぶらな目の、明るい感じの新婦が白無垢《しろむく》を着て立っている。

加奈彦たちより五、六人前の、華やかなつけ下げを着た若い女性が、花嫁と何か言葉をかわした。花嫁が何か言った。若い女性はうなずき、上原常務も何か言った。若い女性は、更に大きくうなずき、列からちょっと外れて、常務の横に立った。

(すらりとしたスタイルだ)

アップに髪を上げた若い女性のうしろ姿を眺めていた加奈彦は、次の瞬間、

「うっ」

と呻《うめ》いた。前の客がふり向き、うしろの登志枝は、

「どうなすったの?」

と尋ねたほどだった。

加奈彦の目は、驚愕《きょうがく》と恐怖に大きく見ひらかれていた。その若い女性の、こちらを向いた顔が、冬美に酷似《こくじ》していたのだ。いや、冬美だと思った。が、冬美であるわけはない。

三

どのようにして常務に祝辞を述《の》べ、どのようにしてその場を離れたか、加奈彦は覚えがない。

「いやな方、今日は二度も変な声を出して」

登志枝は加奈彦の耳に、低くささやいた。

加奈彦は蹌踉《そうろう》として、宴会場に入って行く。

「あなた、お席はこちらよ」

登志枝に袖《そで》を引かれて、加奈彦はハッと吾《われ》に返った。

席に着いたが、余りの驚きに、加奈彦はまだぼんやりとしていた。

(似ている！　そっくりだ)

冬美の着物姿も、髪をアップにした姿も、加奈彦は見たことがない。だから最初、横顔を見ても、似ているとは思わなかったのだ。が、正面を見た時、加奈彦は思わず呻いたのだ。死んだはずの冬美が、そこにいる。そう思っただけで、加奈彦は吾を忘れたのだ。

「顔色が悪いですよ。どうかしましたか」

確か常務はそういった。人目にもわかるほど血の気が失せていたのだ。

「あなた、お気分が悪い？」

登志枝が顔をのぞきこんだ。

「いや別に、どうして？」

「顔色が悪いわ」

登志枝は今になって、加奈彦の顔に気づいたようだった。

「いや、さっきちょっと、心臓がとまりそうになったんだ」

「あら、どうしたのかしら？」

「きっと心臓が空廻《からまわ》りしたんだな。心配いらないよ」

加奈彦は出たらめを言った。

（あの冬美に似ている女は、どこにいるだろう）

加奈彦は少し余裕が出て、場内を見まわした。と、場内の電気が沈むように暗くなった。

ウエディングマーチが聞え、スポットに照らし出された新郎新婦が、仲人《なこうど》に従って入場して来た。拍手が湧《わ》き起った。

（あの女は何者だろう）

加奈彦は、新郎も新婦も目に入らない。

（冬美だろうか。いや、そんなわけはない）

冬美の指にはめてあったエンゲージリングは、田條の手によって、無事に加奈彦の手に返されている。田條は言ったのだ。

「安心してくださいよ。これであんたの一生は安泰だ。化けてでも出ない限り、冬美は、決してあんたの前に現れませんからね」

（他人の空似ということがある）

冬美が死んでから今まで、一年三ヵ月の間に、自分は幾度こうして冬美の幻影におびえたかわからない。前を行く女性のうしろ姿が余りにも冬美に似ていて、ギョッとして立ちどまったことが幾度かあった。うす暗がりで、眼鏡をかけた女を見れば、冬美かと思って、どきりとしたこともある。

（はてな）

加奈彦は首を傾けた。

（今の女は眼鏡をかけていただろうか）

かけていなかったような気がする。

加奈彦は再び場内を見まわした。既に場内は明るくなり、今、媒酌人《ばいしゃくにん》である勧託銀行の原田頭取の挨拶がつづいていた。

「……新婦の琴子さんは稀《まれ》に見る明朗な女性でございまして、英語、フランス語に堪能《たんのう》なお方とも、承っております。上原常務の語学は、業界でも有名でございまして、お二人の睦言《むつごと》も、けんかも、日英仏三カ国語で、なさるのではないかと……」

場内に笑いが湧いた。広い場内の五百名の人の数だ。どこにあの女性がいるのか、人の陰になってわからない。そうキョロキョロうしろや横を見るわけにはいかない。加奈彦は、プログラムに刷りこまれた出席者の氏名に目をやった。

つづいて来賓の祝辞である。先ず瑛子の父六井東三郎が立った。さすがに加奈彦も耳を傾けた。

「……私は無精者でございまして、めったに人様の結婚のお祝いに駆けつけたことがございません。正直な話、私は娘の結婚の時に、失恋したような、淋しく辛い思いをいたしまして……」

遠慮勝ちな笑い声があがった。

「全くの話、新婦の親の身になってみると、こりゃあもう、お祝いなんていうもんじゃない。これはお祝いに行かないほうが利口だと決めこむようになりました。しかし本日の新婦琴子さんは、まだヨチヨチ歩きの頃から存じ上げておりまして、これがまた何とも悧発《りはつ》なかわいいお嬢さんでした。まあ、準娘というような感情で接して参りました。で、娘を嫁がせるような感情がないわけではありませんが、その相手が、KB建設の上原常務とあっては、さすがの私も、これは良縁だ、これはめでたい、これはうれしい、と手放しで喜ぶ気持になり、まあこうして、柄にもなくお祝辞まで申し上げることになったわけであります……」

瑛子によく似た、舞台映えのする六井東三郎は、少ししゃがれ声だが、抑揚もあり、間もあり、話し方がうまい。

（悪いことはできないな。そんなじっこんの間だったのか。すると瑛子もこの場に来ているかも知れないな）

再び加奈彦は忙しくプログラムの客の名に目を走らせた。女客は一割ほどで、その中には瑛子の名も冬美の名もなかった。

（冬美である筈がない）

先程不様《ぶざま》な声をあげたのは不用意だったと、加奈彦は苦笑した。

幾人かの祝辞が終わり、祝宴がはじまった。ビールを一気に飲み干し、何気なく加奈彦はうしろのテーブルを見た。そこには新婦の友人たちであろうか、若い女性たちが笑いさざめいていた。と、加奈彦はハッと息を飲んだ。

（いた！）

あの女性が、微笑を浮かべて、隣りの赤いドレスの女性と、何か語っている。加奈彦の胸がとどろいた。やっぱり似ている。

が、次の瞬間、加奈彦はその女性が眼鏡をかけていないことに気づいた。かなり強い近視である冬美が、眼鏡をかけずには一歩も歩けないことを、加奈彦は知っていた。

(やっぱり他人の空似だ)

そう思った時、冬美に似た女が、ひょいと加奈彦を見た。何の驚きもない表情だった。

四

三月にしては暖かい夜だった。加奈彦は妻の登志枝としめし合わせて、登志枝の実家に来ていた。上原常務の結婚披露の日、登志枝の母から、

「この頃少しもお見えになりませんのね」

と、いわれたからだ。

以前は、専務派であるとの旗色《きしょく》を鮮明にするために、せっせと通ったものだが、結婚後はその必要もなかった。結婚したことが、何よりも大きな確かな専務派の証拠なのだ。

登志枝と来る時は、大抵金曜日と決まっていた。土曜日では客が多く、登志枝は母とゆっくり話をする暇がないからだ。しかしその金曜日の今日は、あいにくと溝渕専務に突然の客があって、加奈彦は一人ぽつんと居間でテレビを見ていた。八時には帰る筈《はず》だという客は、なかなか帰りそうもない。登志枝が顔を出して、

「おなかが空《す》いた？　先に頂きましょうか」

と、尋ねた。

「とんでもない。お待ちするよ」

専務である舅《しゅうと》より先に、食事をすることなど思いもよらぬことであった。

「そうお。じゃ、すみませんけど、もうちょっと待っててくださいね。お客さまのご用がありますから……」

登志枝はお茶を取り替えて、そそくさと部屋を出て行った。さっきからお茶ばかりで、かえって腹がぐうぐうと鳴る。所在なく、加奈彦はチャンネルを廻した。キッチンのほうで、何か笑う登志枝とその母の声がした。画面には、男が一人、ふらふらと街を歩いていた。しぶいマスクの、この一、二年急に人気の出た中年の俳優だ。男はどうやら、何年か前自動車事故に会い、記憶喪失症になったらしい。ナレーションでそれがわかった。

「記憶喪失か」

つまらなそうに加奈彦は呟《つぶや》いた。この頃、時折記憶喪失を扱ったドラマがある。加奈彦は西部劇が一番好きだ。記憶喪失などというのは肌に合わない。チャンネルを他に切り替えてみたが、クイズ番組や歌謡曲ばかりで、それらは、加奈彦にとっては記憶喪失のドラマよりも、更に興味のないものだった。

加奈彦は再びチャンネルを記憶喪失のドラマに戻した。先程道を歩いていた中年の男は、女と公園のベンチに坐《すわ》っている。女は和服を着た小粋《こいき》な女だった。と、そこに、子供連れの愛らしい若い女が通りかかった。若い女はその中年の男を見た。途端に、若い女の顔に驚愕《きょうがく》とも喜びともつかぬ表情が浮んだ。その表情がクローズアップされ、次にその若い女を見た男の無感動な表情が大写しになった。男は何事もなかったかのように目を外らし、和服の女と話しつづけた。

　若い女に手を引かれた男の子が、

「パパ！」

　と叫んで、男のほうに駆け出す。男は不審そうに、駆け寄ってくる男の子を見つめた。

「彼は、自分の妻と子供に、半年ぶりに再会しながら、それを思い出すことができなかった。彼にとっては、曾《かつ》ての、愛した妻も子供も、全く見知らぬ他人であった」

　ナレーションが告げた時、加奈彦はハッと坐りなおした。

（そうか、記憶喪失か！）

　上原常務の結婚披露の日以来、胸にこびりついていた、あの冬美によく似た娘のことを、加奈彦は思った。

　あの披露宴で、冬美によく似た娘は、自分を見た時、その表情に何のおどろきも変化もなかった。見知らぬ者を見る目だった。

（他人の空似ということか）

　あの時、加奈彦はそう思った。その帰り道、妻の登志枝に、加奈彦は言った。

「今日ね、学生時代の友だちに、そっくりの男がいて、ギョッとしたよ。そいつはね、とうに死んだ男なんだ」

　そう言った時、登志枝は、

「まあほんと? 世界には、自分に似た人が三人いるんですってね」

　と、何の屈託もなく答えた。女といわずに男と言ったのは、加奈彦の周到な考えからだった。もし女だといえば、必らず登志枝は、

「どこの何という方?」

　と尋ね、

「その方、あなたの何だったの?」

　と、更に詮索《せんさく》するにちがいないからだった。

　が、男と偽ってでも、そう妻に言わずにいられなかったのは、余りにもあの女が冬美に酷似していたからだ。誰かに、何でもいい、ひとこと言ってほしい、そんな気持だったのだ。

(もしかしたら……)

　あれはやはり冬美かも知れないと、加奈彦は腕を組んだ。田條九吉は、冬美を「おせんころがし」のすぐそばにある鵜原理想郷の崖から突き落としたと言っていた。あとで加奈彦も連れて行かれたが、足もとからいきなり断崖になるその下に、海の色が深々と蒼《あお》かった。

あの海では、泳ぎのできない冬美が助かる見込みは先《ま》ずあり得ないことだった。

（が、もしかして……）

万に一つということもあると、加奈彦はじっとりと頬に脂汗を滲《にじ》ませた。冬美は、その万に一つの奇跡によって、命が助かったのではないだろうか。

（ひょっとすると……）

そのあたりに、漁船でもいたのではないか。そして、冬美は突き落されたショックによって、記憶を喪失していたのではないか。

（記憶喪失だとしたら……）

加奈彦は落ちつきなくテレビに目を向けた。さっきの子供づれの若い女が、すがりつくようなまなざしで、白衣の医師と何か話をしている。医師は大きくうなずきながら、

「いや、むろん、記憶が戻ることはありますよ。しかし、永久に戻らないこともあるんです。必らず戻ると断言できないところが、まことに残念なのですが」

痛ましげに、医師は女の顔を見た。

（戻ることもある？）

加奈彦は、画面の中の医師が、自分に向って言ったような気がした。加奈彦はソファから立ち上り、うろうろと部屋の中を歩きはじめた。

上原常務の結婚披露宴から今日まで十日余り、冬美に似た女がいやでも思い出された。が、自分を見て何の反応も示さなかったことで、全くの別人だと安心していた。が、今、その安心が揺らぎはじめたのだ。

加奈彦は、壁の絵の前に立ちどまった。黄色いバラが二輪、すき透《とお》るコップの中に挿《さ》された絵だ。が、加奈彦の目は絵を見ていない。あの、冬美に似た女の顔だけが頭にあった。

「あれが冬美だと、決まったわけではない」

声に出していった。その時、再びキッチンのほうで、妻と妻の母の笑う声がした。加奈彦はぎくりとふり返った。

ソファに浅く腰をおろした加奈彦は、

(……だがあの女は、冬美かも知れないのだ)

とも思う。不安がまたしても大きくなる。

(そうだ、田條に相談してみよう。田條にあの女の素姓を調べてもらうのだ)

思い立つと加奈彦は、手を伸ばして傍《そば》の受話器をとった。と、そこへ登志枝が入って来て、

「あら、どこへお電話?」

「……いや、なに、ちょっとおやじの所に……」

へどもどして加奈彦は受話器を置いた。登志枝は気にもとめず、

「あなた、やっぱり父はお客さまとお食事をはじめましたわ。悪いけどキッチンで頂きましょうよ」

　加奈彦はさりげなく立ち上った。

五

日比谷公園の、野外音楽堂のベンチに、加奈彦は今、田條九吉を待っていた。田條は密談をする時、神経質なほどに場所を選ぶ。決して喫茶店やレストランを選ばない。自分の車の中か、歩きながらだ。でなければ公園だ。公園はベンチがある。人がそばに来れば、すぐに避けることができる。そうした用心深さが、いつの間にか加奈彦にもうつっていた。

加奈彦は、音楽堂のがっしりとした柱に目をやった。八角の屋根を支える八本の柱だ。吹きぬきづくりのその音楽堂を囲んで、三方に青いベンチが何十か整然と並べられてある。芽吹き前の大樹の枝や、音楽堂の屋根の上を鳩が時折舞っている。

加奈彦は時計を見た。午後二時だ。田條との約束の時間だ。土曜だというのに、公園の中は思ったより人が少ない。ベンチに腰をおろしているのは、加奈彦のほかには、僅《わず》かに三、四人音楽堂の向う側にいるだけだ。

と、濃いサングラスをかけ、黒いセーターに黒いズボンの田條が、噴水のほうから来るのが見えた。田條は音楽堂のそばまで来たが、ちょっとあたりをぶらぶらしてから、加奈彦に近づいて来て、一つ前の椅子に腰をおろした。そんな田條のやり方を、とうに心得ている加奈彦は、すぐに田條の背に声をかけた。

「すみません、お忙しいところを……」

田條は黙ってタバコに火をつけた。

「早速ですが田條さん、実はちょっとお耳に入れたいことがあったものですから」

「冬美のこととか言っていたね」

田條はもう一度それとなくあたりを見まわし、ベンチの背に片手をのせ、半分うしろを向いた。

「そうなんです」

「冬美のお化けでも出たっていうんですか」

田條はニヤニヤした。

「そうなんですよ。上原常務の披露宴の時ですが、冬美にそっくりの奴《やつ》が現れましてね」

「何？　冬美そっくり？　本当かね、君」

眼鏡の奥の田條の目が光った。

「本当ですとも。ぼくはみんなの前で大声を上げたほどなんです」

その時の模様を、加奈彦は小声で田條に詳しく告げた。田條はきびしい表情で聞いていたが、聞き終るときっぱりと言った。

「そりゃあ町沢さん、他人の空似だよ」

「ぼくもそう思いたいんですが、しかし全く冬美にそっくりなんですよ」

「そっくりであろうが、何だろうが、別人だということをわたしが誰よりよく知ってますよ。何しろあんたに頼まれてね、この手で突き落した。そしてね、この目で見届けたんだよ。あの夕暮の海に黒い頭が沈んで行くのをね」

「しかしですね、田條さん。その時の冬美が、誰かに助けられたということはないでしょうね」

　不安げに加奈彦は田條を見た。

「先ず、ないね。あの日は台風の予報が出ていて、海には船影一つなかったはずだ。君もあとで見た通り、あの地形だよ」

「そうですか。でも、どこかの浜べに、打ち上げられたということはありませんか」

「ないね。あったら新聞やテレビに出る筈《はず》だよ。あの頃わたしは、新聞記事やテレビニュースに気をつけていた。が、そんなニュースは全くなかったな」

　加奈彦はようやくほっとして、

「じゃあ、やはりあれは他人の空似ですね」

「そうだよ、それに決まってるさ。何しろ、わたしは自分のこの目で、確かめたんだからね」

「それで安心しました。……実は昨夜、記憶喪失のテレビドラマを見たものですから」

昨夜のドラマのことを加奈彦はいった。

「町沢さん、ま、心配しなさんな。テレビではいろんなドラマがあるとして、ドラマの中の主人公が記憶喪失した。そして、冬美も生き返って記憶喪失……それは関係妄想ですよ」

「そうですか、なるほど。ところで田條さん。あの、冬美に似た娘の、身元を確かめる工夫はないでしょうかねえ」

「何という名前かね」

「それが……」

紙袋の中から、加奈彦は上原常務の披露宴の席順表を取り出した。

「この、竹のテーブルにいたんですが」

「何だ、十人もいるじゃないですか。ま、十人ぐらい調べるのは、大したこともないですがね、ご心配なら調べてみますか」

「やって頂けますか！　それは助かる。何せ、あれから妙に落ちつかなくて……」

田條は客の席の席順表を眺めながら、

「これはまた大変な客だなあ。こんなに来たんですか。確か二度目とか聞いたがねえ」

「それより田條さん、来賓祝辞の名を見て下さいよ」

田條は披露宴のプログラムを目にやって、

「お!?　六井が祝辞を述べたんですか」

　と、声を上げた。

「そうですよ。おどろきましたよ」

「悪いことはできませんな、町沢さん」

「全くそう思いましたよ」

「六井がねえ。そうですか、上原常務と親しいのかねえ」

「いや、新婦のおやじとですよ」

「なるほど」

　プログラムに目をやって、何かうなずいていた田條は言った。

「とにかく冬美じゃないな。あんまりビクビクしないでくださいよ、町沢さん。人の前で下手に大きな声を出したりしちゃ、危ないですからねえ」
　四、五段のゆるい階段を上って、小さな女の子がよちよちと音楽堂の中に入った。音楽堂の向うの小店には、高校生の男女が五、六人、立ったままジュースを飲んでいるのが見える。
「おかげさまで、安心しました」

　田條と話をしていると、加奈彦は次第に自分の心配が愚かしく思われて来た。この田條にぬかりがある筈はない。そう思った時、

「待てよ」

田條の表情がふっとかげった。そのまま田條は何か考えていたが、

「ねえ、町沢さん。それほどまでに似ている娘が現われたとなると、こりゃあひょっとして助かったのかなあ……少々心配になって来たな」

「いやですよ、田條さん」

「しかし、何でしょう。あなたが多勢の前で思わず声を上げたほど似ているとなると……その記憶喪失も現実味を帯びて来ますねえ」

「おどかさないでくださいよ。あの娘は冬美なんかじゃないですよ」

またしても不安になった加奈彦は、その不安をふり払うように言った。

「だがねえ……別人だという確たる証拠もないわけだからねえ」

「証拠？　それは……あるとはいえませんが……あ、ほら、冬美は眼鏡をかけていましたでしょう」

「ああ、かけていたね、それが？」

「それがですね、眼鏡をかけていないんです。眼鏡をかけていないのに、近視特有の目つきもしていなかったし……」

「なるほど、それじゃやはり別人……かも知れないな」

田條は腕を組んで何か言おうとした。が、青い背広を着た男が一人、近よって来るのを見ると、

「馬鹿陽気ですな、昨日も今日も。四月どころか、五月のような暖かさだよ、これは」

と、別のことを言った。背広の男は、芝生の横を通って、音楽堂の向うの小道のほうに歩いて行った。さっき飛んでいた鳩でもあろうか、近くの芝生をひょこひょこと二、三羽歩いている。

じっと何かを考えていた田條が、はっとしたように表情を変え、

「町沢さん、こりゃあ案外……あなたの推理は当っているかも知れませんよ。あの娘は、何かの拍子で助かったのかも知れない。そして、あんたがテレビで見たように、記憶喪失者になったかも知れない」

「そんな……田條さん、あなたはさっき、そんなことは関係妄想だといったじゃありませんか」

「いやいや、わしは今、はっと気づいたんだがね、近視はなおらなくても、コンタクトレンズという手もあるじゃないですか」

「コンタクト? うーむ、なるほどコンタクトレンズね。そうか……」

加奈彦は足を組み替えた。

「町沢さん、こりゃあこの席の十人を、至急しらみつぶしに洗ってみる必要がありますな」

田條は緊迫した声で言い、眉間《みけん》に深いたてじわを寄せた。

「じゃ、田條さんは冬美だと……」

「いや、そうは思いたくないですよ。しかしですね。万一冬美だとしたら、足もとに火がつくのは、先ずこのわたしですからねえ。とにかく徹底的に調べてみますよ」

「しかし、冬美が、あんな盛大な宴に招かれて来るなんて……」

「確かにそれも問題だ。どんな縁で、どんな人間に救われたかということになるが……意外に花嫁の親戚だったりすると……」

「まさか、そんな……」

「ま、とにかく当ってみましょう。万一冬美だとしたら、早いとこ始末をつけなきゃあね。記憶が戻ったら一大事だ」

「…………」

田條の頬《ほお》に残忍な微笑が浮かんだ。

「じゃ、これを確かにお預りしてと……そうですね。ま、一週間もしたら、この女たちの身元は洗えるでしょう。その時、また連絡しますよ」

「あの、その調査費は……」

「そうですね、ま、大まけにまけて、一人三万円として、十人で三十万円かな。しかし、実費がもっとかかった場合は、別に頂きましょう。意外に雑費がかかるもんでね」

「三十万！」

そんなにかかるものか、加奈彦は目を見張った。

「安いもんです。今のあなたの地位を確保するためならね。ま、上原常務にでも聞けば簡単でしょうが、藪蛇《やぶへび》ということもありますからね」

田條はベンチから立ち上ると、ズボンのポケットに片手を入れ、ぶらぶらと歩いて行った。そして音楽堂の階段を上り柱によりかかった田條は、じっと加奈彦のほうを見つめた。が、また背を向けて、ぶらぶらと小店のほうに歩いて行く。

「三十万円……」

加奈彦は呟《つぶや》いた。大した額ではなくても、妻の登志枝に内緒で、おいそれと自由になる金ではない。既に冬美を消すのに、貯金をほとんど使っていた。

（今更おやじにも……）

登志枝との結婚のために、身分不相応の金を、父親に出させたのだ。第一、額の多少にかかわらず、父に無心の出来る筋合のものではない。

（登志枝には、三百万の定期はある筈だが……）

結婚の時に持参して来た金だ。しかし、登志枝から、どうやって金を引き出せるだろう。

（そうだ、瑛子に相談してみよう）

瑛子なら、そのぐらいの金はたやすく自由にできる筈だ。

が、いずれにせよ思いがけぬ事態になった。不安な心地で冬美の顔を思い浮かべる加奈彦に、うららかな春の日がさしていた。

女の影

女の影

一

（そろそろ田條《でんじょう》から電話がかかってくる頃だ）

思いながら、加奈彦は机の上の書類から目を上げて外を見た。外は細かい雨が降っている。加奈彦の心も晴れてはいない。あの冬美に似た女がどこの娘か、田條は一週間で調べ上げると言った。その一週間が今日で終る。が、田條からは何の報告もない。

（ほんとうに他人の空似ならいいが）

再び書類に目を落としながら、加奈彦はふっと、自分がとんだ取り越し苦労をしているような気がした。冬美が生き返ってくるなんて、考える必要はなかったような気がする。調べなくても、赤の他人に決まっているのだ。第一、一年前に死んだ筈《はず》の冬美が、たとえ、万々一助かったとしても、あの新婦と、そう急激に親しくなる筈はない。この自分の顔を見て、何の反応も示さなかったあの娘が、もし記憶喪失の冬美だとしたら、他《ほか》にも様々の精神的障害があって、あんなに楽しげに他の娘たちと語り合える筈はない。あのテーブルは、確かに一つのグループのものだったろう。例えば、同窓生といったグループではなかったか。

（冬美は北海道生れの北海道育ちだ）

この一週間、くり返し思ったことを、加奈彦は思ってみる。

「三十万か」

加奈彦は思わず呟いた。もしあの娘が冬美でなかったならば、何も三十万も出して調べさせることはなかったのだ。何か大きな損をしたような気がする。とにかく、調査の結果はどうであれ、現実に三十万という金を田條に渡さなければならない。

今日は給料日だ。外は雨が降っているにもかかわらず、社内には何となく活気が漲《みなぎ》っている。給料日はいつもこうだ。一ヵ月のうち、社員がもっとも満ちたりた顔をしているのは今日だ。

（そうだ）

ろくろく目も通さぬままに書類に判を押し、既決の箱に入れながら、加奈彦は思った。今日の給料は、そっくりそのまま落したことにすればいい。あるいはすられたことにしてもいい。いつか上野の駅で、高校時代の友人が、両手に荷物を持ったまま、うろうろしていて、内ポケットを鮮かに切られていたことを思い出した。

（あれは見事だった）

話には聞いていたが、自分の目で見たのは、はじめてだった。確かあの時、自分も、他の友人二、三人と共に、見送りに行って一緒だった。その自分たちも気づかぬうちに、見事に切りとられていたのだ。加奈彦は背広の裏を返して、内ポケットを眺めた。裏を切るだけなら、大した損害にもなるまい。

(家《うち》へ帰って、登志枝に給料を渡そうと、内ポケットに手を入れる。そして、アッと声を上げる。背広の前を大きくひらく。やられたっ！　と叫ぶ)

加奈彦は登志枝の前での自分の演技を一つ一つ思い浮かべながらうなずいた。

(これで万事うまくいくだろう)

幸い今月は、年度末手当も出る。給料と合わせて、三十万はもらえる筈だ。なぜこんな簡単なことに気がつかなかったのかと、加奈彦は思わずニヤニヤした。もうじき昼休みだ。昼休みのうちに、安全剃刀《かみそり》の刃で内ポケットを切りとっておくといい。あとは、登志枝が何とかやりくりしてくれるだろう。

(これで、いつ田條から電話が来てもいい)

のびのびとした思いになって、次の書類を手にとった時、卓上の電話が鳴った。

「もしもし、町沢係長さんでいらっしゃいますね。AT工業の秘書の方からお電話です」

加奈彦はニヤッと笑って、

「つないでください」

と周囲を見まわした。ＡＴ工業の社長秘書とは、瑛子のことである。会社に電話する時、瑛子はいつも、そういって電話してくる。

「もしもし、ＡＴ工業の社長秘書ですが……」

「ハ、町沢です。いつもおせわになりまして……」

「あしたの午後八時、ニュー大滝の六八三号室に、社長がお待ちしております」

ニュー大滝は上原常務の結婚式のあったホテルだ。と思ったが、

「八時ですね。かしこまりました。よろしくおっしゃってください」

電話は切れた。誰に聞かれても、私的な電話には聞えない。

(そうだ、やはり瑛子からも少し引き出してもいいいな)

会う度に、瑛子は二万か三万、加奈彦にタバコ代と称して金をくれる。瑛子は、男が女に金を与えるように、加奈彦を金で買っているつもりなのだ。そうしたことによって、自分を優位におきたいのかも知れなかった。加奈彦におぼれながら、おぼれていると認めたくないのかも知れなかった。それは、加奈彦から見ると、むしろかわいい女に見えた。みつぐという形ではなく、与えるという形をとりたい瑛子の利《き》かん気の底に、実はみつぎたい思いがひそんでいることを、加奈彦は見てとっていた。

(明日か)

瑛子の豊満な肢体《したい》を思い浮かべて、いつものことながら加奈彦は胸がときめく。瑛子には、体にも気持にもマンネリがないような気がする。むしろ、若い登志枝のほうが、マンネリ化しているように思われる。

(何せ、多畠井夫人だからな)

ある婦人雑誌の、有名美人夫人特集に、瑛子が出ていたのは、二、三ヵ月前のことだった。

(この女のすべてを、おれは知っている)

満足げに眺めたことを、今また思い出す。

と、その時再び電話のベルが鳴った。ちらと、加奈彦は腕時計を見た。十二時近い。気の早い社員は、そろそろ昼食をとるために立ち上がっていた。電話は田條からだった。

「あしたの八時頃、いかがですか」

名前も告げずに、田條はいきなりいった。

「あ、どうも、いろいろとおせわになりまして」

「あしたの八時でいいですね」

「それが……すみません。実は、例のあなたのご用で」

ひっそりと笑う田條の声が聞えた。

「メモか、町沢さんも、何かと忙しいね。じゃ、どうです？ これから昼休みでしょう。東急ホテルの前に車をつけておきますから、十二時十分、出て来て下さい。万事調査は終りましたから」

「しかし……お礼の用意が……」

「今日は給料日でしょう。退社時間に、それはそれでいただきますよ。只《ただ》、夜はわたしも予定があるんでね。金をいただくだけの時間しかないんですよ。とりあえず昼の時間に会いましょう。今日は別に手当も出るそうだから……」

こちらの返事も待たずに電話は切れた。

二

加奈彦の傍《そば》に、まるい肩をむき出しにして瑛子が眠っている。満ち足りた表情だ。つるりとしたその肩に頬《ほお》を寄せて、加奈彦はにんまりと笑った。

(何もかも、うまく行った)

昨日の昼、田條の車の中で、上原常務の結婚披露宴の竹のテーブルについた女たち十人の調査報告を、加奈彦は見せてもらった。

「招待客の一覧表を、どうやって見せてもらうかが、ちょっとむずかしいところでしたがね。実は竹のテーブルのお客さんの一人を、息子の嫁にもらいたいという人がいましてね、と切り出したんですよ。それがうまく行きましてね、一覧表を簡単に見せてもらいましたよ」

そのあと、どの娘が誰なのかを調べるために、写真を撮るのに意外と時間がかかったという。張りこんでいて、必らずしも本人が出てくるとは限らない。勤め先に訪ねることのできる娘もいたが、豪壮な邸宅に住んでいる娘もいた。こうして一人一人顔と名前をつないで行き、遂に冬美に似た娘の身元がわかったという。そんな経過を語りながら、川島トミ子という娘の写真を田條は見せてくれた。

「これですよ。全くわたしも、ギョッとしましたよ、町沢さん。ほんとの話、足がふるえましてね」

田條は冬美そっくりの、グレイのツーピースを着た女性の写真を二枚さし示しながらいった。

「ぼくがいったとおりでしょう、田條さん。冬美と全く瓜《うり》二つですからねえ」

「全くです。町沢さんが披露宴で大声を上げたというのも、無理はないと思いましたよ。でも、ご安心ください。これがこの娘の調査書です。どうやら杞憂《きゆう》に終ったようですな」

渡された調査書に、加奈彦は目を走らせた。

〈父　川島源一　大正二、六、五生
　　　川島興産ＫＫ社長
　　　花山不動産ＫＫ取締役
　　　京阪観光みやげ公正取引委員会委員
　　　広島出身　大阪在住

母　川島織江　大正五、八、三生
大阪府立高女卒
元村富氏次女

長兄　関一　昭和一三、四、一八生
京大経済学部卒
川島興産ＫＫ常務取締役

次兄　純二　昭和一五、五、二三生
五才にて死亡

長姉　正子　昭和二〇、一、四生
同志社卒
松垣信太郎氏へ嫁《か》す

次姉　　満枝　昭和二四、九、三生
　　　　　　　慶大文学部卒
　　　　　　　ニューヨーク市在住
　　　　　　　鈴木種男氏妻

本人　　トミ子　昭和二七、七、七生
　　　　　　　青山短大卒、大阪在住

上原常務夫人との関係は、従妹《いとこ》で且《か》つ同級生である。幼い時より、特に親しい間柄《あいだがら》ときく。いかがわしき男女関係なし。但《ただ》しフィアンセあり。枝間広（現在ドイツに留学中。中央大学法学部卒）。結婚予定明年十一月〉

読み終って、加奈彦はほっと吐息をついた。

「やっぱり、あれは他人でしたね」

写真と見くらべながら、つくづくと言った。

「安心したでしょう、町沢さん」

「安心しました。ありがとうございました。……しかし、田條さん、見れば見るほど似てますねえ」

「全くです。その写真を見てますと、わたしも背中がざわざわして、ゾーッとするんですよ」

「田條さんらしくない」

「冗談じゃありませんや。あんたの願いだから、あの娘をやっちゃったが……」

「大変なことを頼んでしまって……」

「いや、ま、それはそれとして、ところで、あしたまた瑛子夫人と会うそうで」

「ええ、まあ」

冬美に似た女が、全く無関係な女だとわかった加奈彦は、快い開放感にひたりながらうなずいた。

「帝都ホテルですか」

「いやニュー大滝です。この間の常務の結婚式場なんで、ちょっと……」

「なるほど。ま、メモのほうだけはよろしく頼みますよ。ところで調査費用の三十万は、今日いただけるんでしょうね」

「ハア、まちがいなく」

うなずきながら、加奈彦は俄《にわ》かに金が惜しくなった。

今、その昨日のことを思い出しながら、寝ている瑛子を、そっと胸に抱きよせた。豊かな胸が、加奈彦の胸にふれる。

（この女からも、引き出せば引き出せる）

昨夜の登志枝の驚ろいた顔を思い出すと、加奈彦の唇に微笑が浮かんだ。

昨日、加奈彦はまっすぐに家に帰った。迎えに出た登志枝に、

「今日は年度末手当も出たからね」

機嫌よく言って、背広の内ポケットに手をやった加奈彦は、

「あっ！　やられた！」

と、大声を上げた。

「何が？　何がやられたの？」

加奈彦は黙って背広の裏を返した。

「まあ大変！　どうしましょう。一体どこで？」

「わからない。そうだ。会社のエレベーターの中かな。給料日と知って、スリが入っていたかも知れない」

「ひどいわねえ」

「せっかく君を喜ばそうと思って、タクシーを拾って帰って来たのになあ」

「でも、見事ねえ、この切り跡。裏地だけ切っているわよ、あなた」

加奈彦自身が切ったとも知らずに、感嘆する妻に、

「まさかスリにあうとは、思いもしなかったなあ……」

と、加奈彦はしょんぼりして見せた。

食事の時も、加奈彦はほとんど何にも手をつけなかった。

「いいのよ、あなた。これが病気か何かで三十万円ふっとんだと思えば、健康なだけ助かるじゃない？　いいわよ、わたしが何とかするから。そんなに心配しないでよ、ね」

しきりに登志枝は慰めたのだった。

三

（女って、甘いよ）

　そう思った時、瑛子が目を静かに開いた。加奈彦は再びぐいと抱きよせた。

「まあ、お元気ねえ」

　笑って、瑛子も応えて来た。

　やがて、瑛子の体から加奈彦が離れた時、瑛子もベッドを降りた。

「十一時前には帰らなくちゃぁ」

　瑛子は身支度をしてから、ハンドバッグをあけた。

「あなた、すられてそれで……どうなさるつもり？」

　加奈彦は、スリに会った話を、瑛子にもまことしやかに語っていた。

「それで弱ってるんだけどさ」

　甘えたように加奈彦は瑛子を見た。

「奥さんに頭の上がらないことはさせたくないわ」

　瑛子はそういうと、小切手帳を出し、さらさらと書き、加奈彦に手渡した。

「こんなに!?」

小切手に目をやった加奈彦は、思わず驚きの声を上げた。五十万円と書かれてある。瑛子はにっこり笑って、

「あなただって、少しぐらいお金をお持ちになっていなければ……。でもそれは、あなた、わたくしに前借なさったことになるのよ」

「前借?」

「そうよ。会うごとに三万としても、あなたはざっと、十七回分の借金なさったことになるのよ」

瑛子は胸をそらして笑った。

「わかりました、女王様」

加奈彦は低く身を屈《かが》めた。

「じゃ、またね、かわいい坊や」

瑛子は、そっとドアをあけて、するりと部屋を出て行った。

「案ずるより産むが易《やす》しだ」

五十万と書かれた小切手を、再び眺めて加奈彦はうきうきと独り言を言った。五十万円は、十七回分の前借金だと瑛子はいった。瑛子は当分切れる気はない。それだけでも加奈彦は

充分に愉快だった。時計はまだ十時半だった。これから少し飲んで帰ってもいい。登志枝には、得意先に招かれて、十二時近くになると言ってある。

瑛子と会う時は、ほとんど酒を飲まない。酒の香がうつるのを瑛子が嫌うからだ。瑛子の夫は酒嫌いで、酒の匂いに過敏だという。瑛子自身は飲むのだが、加奈彦に会う時だけは飲まない。

加奈彦はどこの飲屋に行こうかと思いながら、部屋のキイを持った。と、その時ノックがした。ボーイかと思ってドアをあけた加奈彦は、思わずアッと声を上げるところだった。冬美だった。いや、冬美に似た娘だった。青ざめた加奈彦に、

「あ、失礼しました。お部屋をまちがって……ごめんなさい」

と、娘は言った。娘の言葉に関西なまりがあった。が、加奈彦の歯の根が合わなかった。声まで冬美に似ていたからだ。呆然《ぼうぜん》としている加奈彦に、娘は頭を下げ、隣りのドアに消えた。

加奈彦はそのままその場に突っ立っていた。と、再び隣りの部屋があき、品のいい六十ほどの女が、冬美によく似た娘と一緒に出て来た。そして二人は、エレベーターのほうに歩いて行く。冬美に似た娘が、部屋のキイを持っていた。

「今ごろお鮨をやってるかしら」

少し離れたエレベーターの前で、年取った女がいい、

「あるわよ、おかあさん」

冬美に似た娘がいった。母親にも、関西なまりがあった。

「驚かせる」

ドアをしめて、加奈彦は椅子に坐《すわ》った。むやみにのどがかわいた。

（それにしても……不気味な娘だ）

立てつづけに水を二杯飲み、加奈彦は吐息を洩《も》らした。

（もしかしたら……）

冬美の親戚ではないか。いや、冬美の父は、確か平凡な高校教師の筈《はず》だった。紳士録に載るような親戚が大阪にあると聞いたことはない。今確か、このホテルの中の和食堂に鮨を食べに行く筈だ。

（行って見ようか）

出来たら、あの娘に近づきになってもいい。

（いや、よしたほうがいい。冬美に似た女は鬼門だ。気が滅入《めい》るばかりだ）

加奈彦は鏡の中を見た。先程の悦楽が一度に吹き飛んだような、醒《さ》めた顔をしている。

これから銀座に出て飲むにしても、時間が遅い。ホテルのバアに行こうと決めて、加奈彦

はネクタイを結んだ。

と、電話のベルが鳴った。何とはなしに、背筋がゾッとした。目の前に冬美の顔がちらつくのだ。受話器を持つと、

「もしもし、AT工業さまでいらっしゃいますか。只今《ただいま》外線が入っております。おつなぎいたします」

つづいて、瑛子の声がした。

「わたくしよ。あのね、ちょっと、机の引き出しをごらんになって。わたくし、ブローチを忘れませんでしたかしら」

ほっと人心地がついて、

「どこからです？」

「ホテルの近くのボックスからですわ。ま、ブローチだから忘れてもよろしいけれど、これがネックレスなら大変でしてよ。この次まで預かっておいてくださる？」

「ちょっとお待ちください。今見てみます」

引き出しをあけると、ダイヤをちりばめたブローチが無造作におかれてあった。

「ありました。確かにお預かりいたします」

「じゃ、来週中にまたお電話いたしますわ」

電話が切れた。切れてから、加奈彦ははたと困惑した。一体どこにこの高価なブローチをしまっておいたらいいのだろう。登志枝は必ず、ぬいだ背広にブラシをかける。服のポケットに入れておくわけにはいかない。加奈彦はかくすべき場所に迷った。

四

加奈彦を乗せたタクシーは、札幌《さっぽろ》の郊外新琴似《しんことに》の広い一番通りを走っていた。ヘッドライトが簡易舗装路を明るく照らす。近頃急速にひらけて来た住宅地だが、まだ所々広い畠《はたけ》や空き地が残っている。加奈彦たちの住むＫＢ建設の社宅は、数年前この一劃《かく》に十軒ほど建てられていた。

加奈彦のこの度の札幌支社転勤は、思いがけないことだった。といっても、結婚した頃、妻の登志枝の父溝渕専務から、

「そのうちに、一度は北海道に行くようになるだろう。ま、二年ぐらいで帰って来れるがね」

と、いわれてはいた。が、発令の十日前まで、舅《しゅうと》の溝渕専務からさえ、何の沙汰《さた》もなかったのは意外だった。結婚した二人に、新しく家まで建ててもらったこともあって、加奈彦も登志枝も、当分は東京を動かないと思っていた。

が、溝渕専務はこともなげにいった。

「いいじゃないか、それだけ君は重要なポストに近づくことだからね」

確かにそうだった。加奈彦は支社の庶務課長として転出するのだ。そこで二、三年辛抱す

れば、本社に帰って、更にいいポストにつくことができるだろう。しかも唐突に決まったこの人事は、誰かを蹴落《けお》としたことになった筈だった。

登志枝は札幌への転任をひどく喜んだ。東京に生れ東京に育った登志枝には、他の土地に住むということだけで、それは新鮮な喜びだったのだ。

「すてきじゃないの、札幌に住めるなんて。札幌はリットル東京っていうでしょ。田舎じゃないわ。空気はきれいだし、第一、スキーができるわよ。スケートもできるわよ。札幌にいる間に、北海道中、全部車でまわりましょうよ。網走《あばしり》や根室《ねむろ》や、日高《ひだか》の牧場など、ああきっとすばらしいわ。ね、あなた」

登志枝は、転勤の話を聞いた夜、一人興奮して、いつまでもそんなことを語っていた。そして、札幌に来て一カ月、加奈彦もようやく札幌の街に馴《な》れて来た。

社宅は、課長以上の役付きのためのもので、それぞれ同じ七十坪の敷地に建っていた。地坪二十坪の二階建である。階下は十二畳のリビングキッチン、八畳の座敷、六畳の小部屋、そして浴室があり、二階は八畳二間だった。むろんガレージもついている。

支社長も、部長たちも、課長と同じ間取りの家に住んでいる。只、庭の作りや、外灯、カーテンなどで差をつけているだけだった。そんなことも加奈彦たちには快かった。只、そのうち一軒が、空き家になっていた。それは役付きの一人が札幌に自宅を建てたからだ。そのあとに平社員を入れた。はじめは住宅難のこともあって、喜んでいたが、周囲が上司ばかりなので息苦しさを感じたのか、半年も経たずに出て行った。以来何人か入ったが、みな長つづきはしなかった。で今は、本社の役付きの家族が、冬の家夏の家代りに、時折使っているだけだという。その空家が加奈彦の隣家だった。

加奈彦は家の前で車を降りた。いつもは暗い隣りの空き家が、今日は灯《ひ》が入っている。

(誰か移って来たのか)

思いながら玄関に入った。登志枝が飛んで出て来た。

「お帰んなさい。あなた、お隣りに上原常務の奥さんがいらしたわよ」

「上原常務の？」

「ええ、ちょっと体を悪くしたんですって。それで一カ月ほど、こちらで静養するんですってよ」

「ふーん、体が悪いって……できたんじゃないのか」

結婚披露宴で見た上原常務の妻の琴子の花嫁姿を思い浮かべながら、面倒な女が来たものだと、加奈彦はリビングキッチンのソファに坐《すわ》った。

「でも、きさくな方よ」

登志枝は機嫌がよかった。

「きさくであろうがなかろうが、敵の陣営だからね。うかうかと、何でもしゃべらないように頼むよ」

「そりゃあ大丈夫よ。向うさんだってそのつもりでしょうから。でも、女同士は仲よくしたほうがいいと思うわ」

「それはそうだが……」

「ちゃんとご挨拶に来てくださったわよ。ご親戚の方と」

「親戚の方?」

「ええ、若いきれいな方よ。一人っきりじゃ、淋しいでしょう。でも、常務さんも時々東京から来るそうよ」

「………」

「とにかく、隣がまっ暗なのより、明るいほうがいいわよ」

　登志枝はテラスの厚いカーテンをちょっとあけて、庭ごしに隣を見た。何気なく加奈彦も立って行って、隣家を見た。下にも二階にも、明るく電灯がともっている。ライラックの木がお互いの庭に幾本かあり、白樺《しらかば》やナナカマドの木も立っている。その庭を水銀灯が青く照らしていた。その水銀灯の下に白くうごめく人影があった。

（女だ）

そう思った時、女が一、二歩歩いてひょいとこちらを見た。

「あっ！」

加奈彦は叫んだ。

「どうなすったの？」

青ざめた加奈彦を見て、登志枝が驚いた。

「あ、あの、白い服の……」

「あら、あの方がご親戚の方よ」

登志枝が答えた時、女はもう玄関に入っていた。

「いやねえ、変な声を出して」

「……あれが、親戚……」

「何があれですよ。しっかりしてくださらなくちゃあ」

ソファに戻った加奈彦は大きく息をついた。冬美だと思った。水銀灯の下に青い光を浴びた、白いワンピース姿は、ひどく不気味だった。冬美に似た女に会うのは、これで三度目だ。が、その度に加奈彦は驚かされた。

まだ心臓が高鳴っている。それを押し静めるように、加奈彦はいった。

「若い女が水銀灯の下にいると、まるで幽霊に見えるな」

「幽霊？　まあ意気地なしね、あなたは。顔色まで変っているわ」

登志枝は笑った。

「しかし、タクシーの運転手がよくいうよ。夜道に髪の長い女が立っていると、ゾーッとするって。ところであの女が、一緒に来た女かい」

「そうよ。おとなしくてきれいな人よ」

加奈彦は黙った。何か不安だった。不吉な予感がした。その加奈彦にはかまわず登志枝はいった。

「大阪の方ですって。川島さんっておっしゃっていたわ」

そんなことは教えられなくても、加奈彦のほうが知っている。あの冬美に似た女は、川島トミ子という青山短大出の女性なのだ。

〈父　川島源一　川島興産KK社長……〉

田條九吉から渡された調査書が、鮮かに脳裡《のうり》に刻みつけられている。あのトミ子という女には、現在ドイツに留学中の婚約者もいる筈だ。

ふっと加奈彦は、それらのすべてを、登志枝に話したら、登志枝はどんな顔をするだろうかと思った。が、

「ふーん、大阪の人か。どっちにしても関係ないね、ぼくたちとは。とにかく驚いたよ」

「お隣に教えてあげようかしら。あなたが青くなって声を上げたこと」

　登志枝はそういってから、

「あなた、ちょっとご挨拶に行ってらっしゃいよ」

「挨拶に？」

「そうよ。敵の陣営とはいえ、常務の奥さんよ。きれいなハンカチをいただいたのよ。顔ぐらい出さなくちゃ」

「今夜はいいだろう。明日の朝だって」

　もちろん川島トミ子は冬美とは全くの別人だ。そうはわかっていても、まだあの庭に立っているのではないかと思うと、反射的に背筋が寒くなる。

「でも、まだ九時前よ。さっき車がとまった音が聞えたんですもの。こんな静かな界隈《かいわい》で、車の音はすぐわかるわ」

　全くそのとおりなのだ。この社宅でも、そのことがしばしば話題になる。車の音で、大体帰宅の時間がわかるのだ。加奈彦も来た当初、

「君、昨夜は午前様だったようだね」

　と、部長にいわれてギョッとしたことがある。

「いいよ、いいよ、あしたにするよ。あしたの朝だって、かまわないじゃないか。第一、女

二人の所に、夜、男が顔を出すなんて」

「じゃ、あしたは必ず行ってくださいよ。こういうことはきちんとしておかなくちゃ」

登志枝は専務の娘だけあって、こうしたことには口うるさい。

その夜加奈彦は、絶えず悪夢を見ているような眠りだった。

女の影

五

鮮やかだった桜も、すっかり葉桜になった。隣に上原常務の妻たちが来て、一週間があっという間に過ぎた。あのあと、川島トミ子の姿は、まだ一度も見かけていない。あの夜水銀灯の下に見ただけだ。翌日挨拶に行った時、出て来たのは琴子だけだった。見なければ見ないで、加奈彦は気になった。朝に夕に隣家に目が行く。

今日は日曜日だった。ソファに寝ころんで、新聞を読んでいても、ふっと隣に耳を傾けている自分に加奈彦は気づく。垣根越しに、隣の家のあいた窓から話し声が聞こえて来る。声は聞こえるが、何をいっているのかはわからない。明晰《めいせき》な明るい声は、上原常務の妻琴子の声だ。

(あれが、体の弱っている声かなあ)

むっくりと加奈彦はソファの上に起き上がった。

「ねえ、登志枝」

洗濯物を干しに、庭に出ていた登志枝が、テラスから入って来て、

「なあに」

「隣の奥さん、ずいぶん元気のいい声じゃないか。あれで、どこが悪いのかねえ」

「そうねえ。そういえばお元気そうね。ちょっとした疲れじゃない？」

「ちょっとした疲れか」

腑《ふ》に落ちぬ思いで、青いレースのカーテン越しに、加奈彦は隣家を見た。結婚して、まだ二カ月経つか経たぬかだ。新婚の夫を東京において、よくもまあ呑気《のんき》に、札幌まで来れたものだと不思議に思う。

一度不思議に思うと、何もかもが疑わしくなって来る。

「ねえ、登志枝」

ひるの支度に取りかかった登志枝がふり返る。その傍《そば》まで加奈彦は立って行き、声をひそめた。

「隣の奥さん、病気だっていうのは、嘘じゃないのかな。何も札幌まで来なくたって、実家に帰って静養するとか、自分の家でぶらぶらするとか、方法はいくらでもあるじゃないか」

「そういえばそうね。でもきっと、あの奥さんも札幌が好きなのよ。少し体の具合が悪いなんて、適当な口実でこっちへ来たんじゃない？」

登志枝は屈託《くったく》なく答えて、大根をおろしはじめる。日曜の昼食は、いつも簡単だ。加奈彦の好きな納豆に、大根おろし、それに馬鈴薯《ばれいしょ》の味噌汁だ。そんな簡単なほうが、外食の多い加奈彦にはうまいのだ。

「しかしだよ、登志枝。これが結婚して十年も二十年も経った夫婦ならともかくさ、新婚二カ月ぐらいで、奥さんが一人で札幌に来るとは、どんなものかなあ」

「それもそうね。じゃ、上原常務とうまく行っていないのかも知れないわね。ちょっと年の差があり過ぎるもの……」

意味ありげに、登志枝はそれが癖の流し目になった。

「君は単純だよ。ぼくはねえ、隣に常務の奥さんが来たのは、何か意味がありそうな気がするんだよ。ぼくたちをスパイしてるんじゃないのか」

「あら、そんなテレビドラマみたいなこと」

登志枝は笑って、すりおろしたみずみずしい大根を小鉢《こばち》に分けている。

「冗談じゃないよ、登志枝。現実はテレビドラマなんかより、ずっときびしいんだからね」

「だって、わたしたちの隣に来て、何をスパイできるのよ」

「そりゃあわからないよ。何せ君は溝渕専務の娘だからね」

よく糸の引く納豆を器用にかきまぜながら、登志枝は少しずつ醤油《しょうゆ》を垂らして行く。

食事が始まった。いつもは好きな納豆も、今日はなぜか、さしてうまいとも思わない。

加奈彦はむっつりと考えながら、納豆を口に運んでいる。

(上原常務の妻だけならいい。あの冬美に似た川島トミ子を、なぜつれて来たのだろう)

上原常務の妻と従妹《いとこ》で且《か》つクラスメートだと聞いてはいる。が、本当に従妹なのか。本当に川島トミ子の父は、紳士録に載《の》るような、あの川島KKの社長なのか。そんなことまで、加奈彦は疑いたくなる。といって、あれが冬美であるわけがない。

(冬美はとうに死んだのだ)

登志枝が言った。

「いやねえ、急に黙りこんで。こわい顔をして何を考えていらっしゃるの?」

「そうか、そんなにこわい顔をしているかい」

「そうよ、何も常務の奥さんにこだわることないわ。むしろ反対に仲よくするといいのよ。男の世界は敵味方に分かれても、わたしたち女の世界は、やはり仲よくすべきよ」

「それもそうだな」

逆に登志枝を琴子に近づかせ、川島トミ子に近づかせるのも一法だと思った。

「とにかくあなたこの頃、何となく疲れているみたいよ。今日午後から、どこかに遊びに行きましょうか」

確かに登志枝のいうとおり、疲れているのだ。冬美に似た女が傍にいるというだけで、充分に疲れるのだ。特に夜になると、家の近くにあの女が立っていないかと思うだけで、加奈彦の背筋は寒くなる。正直の話、一人で戸外に出る勇気はない。

（似ているだけだ）

幾度そう思おうとしたかわからない。が、そう思っても、冬美に似ているということだけで、恐ろしいのだ。冬美の沈んだ深い海の色が、まざまざと目に浮かぶ。加奈彦は思わず深い歎息《たんそく》をした。

その時、玄関で人声がした。

上原常務が札幌に来ていたのだ。常務は加奈彦に挨拶がてら、マージャンを誘いに来たのだ。

「マージャン？　うれしいわ」

加奈彦が答えるより先に、登志枝が弾んだ声を上げた。登志枝は父の家に集まる客と、時々マージャンをしたものだった。

「でも、お宅には三人いらっしゃるでしょう」

「いやそれが、うちの女たちはしないんでね。隣の佐藤君が来てるんだ」

登志枝が二つ返事をした手前、ことわることもできない。加奈彦は青いウールの袷《あわせ》を着流しのまま、常務の後に従った。

佐藤は札幌支社の経理部長で、社長派でも専務派でもない。どちらかといえば剛直な男だ。

加奈彦は自分の家と同じ間取りの隣家に、恐る恐る入って行った。何か洞穴《ほらあな》に入るような心持ちだった。

「まあ、せっかくの日曜日を、勝手申し上げてすみません」

琴子は、クリーム色のうすいセーターを着、茶色のスカートをシックにはいていた。川島トミ子の姿は見えなかった。

(帰ったのかも知れないな)

思いながら、加奈彦は先客の佐藤に、

「や、どうも」

と、頭を下げて卓についた。口の中が妙に乾く。やはり不安なのだ。が、次第にその場に馴《な》れて来た。琴子が、茶や果物を邪魔にならぬ程度に傍に出す。登志枝は一番賑《にぎ》やかな声を上げる。佐藤もそれに応じて、明るいふんいきになった。だが時折加奈彦は、上原常務の視線を感じた。ほんの一、二秒だが、常務は、牌《パイ》にふれながら加奈彦を見ていることがある。佐藤や登志枝をも見ているのかも知れないが、加奈彦はそれが妙に気になった。

「社長の具合は如何《いかが》ですかな」

佐藤がいった。

「まあ、毎日出社できるぐらいになりましたからね」

「無理じゃありませんかな」

「いや、医師はもう落ちついたといってますから、大丈夫でしょう」

上原常務の明るい声が、加奈彦には何か無理に社長を弁護しているように思われる。

「それはようございました」

痩身《そうしん》の佐藤は、さっぱりとした口調でいう。

(社長という仕事は激務の筈《はず》だがなあ)

思いながら、加奈彦は牌を投げていく。と、その時、部屋の入り口に人の気配を感じて加奈彦は目をやった。途端に、加奈彦の手がぶるっとふるえた。冬美だった。いや、川島トミ子だった。トミ子はお茶を持って入って来たのだ。只《ただ》それだけのことだった。が、そのままそこにすわって静かにマージャンを見ている。加奈彦はみるみるうちに自分の思考力が失われていくのを感じた。目は自分の牌を見ながら、何をどうしてよいかわからないのだ。

「あら、いやねえ。どうしたのあなた?」

「いや、別に……」

加奈彦はしどろもどろだった。

「全くだ。町沢君、少し顔色がわるいようだな」

率直に佐藤はいった。

「何でもありません。只《ただ》、ちょっと……」

心の動揺を隠そうとして、加奈彦は深く息を吸った。だが、押し静めようとすればするほど、気が散乱する。

「いやねえ、トミ子さんが現れたとたんに、ボーッとしちゃって」

登志枝がからかう。

「あら、そんな」

トミ子がいった。その短い言葉にも関西なまりがあった。

(やっぱり大阪の人だ)

加奈彦は自分に言い聞かせた。

ようやく落ちつきを取り戻しはしたが、どうもトミ子が気になってならない。視線を上げるといやでもトミ子の姿が目に入るのだ。

「お嬢さんは、大阪だそうですな。大阪のどこですか」

佐藤が尋ねた。

「ええ、堂島ですの」

何のためらいもなく、答えが返った。

それにしても声も似ている。加奈彦の腋《わき》の下が、いつのまにかじっとりと汗ばんでいた。

六

加奈彦はなかなか寝つけなかった。昨夜、マージャンを終えて帰って来たのは十時を過ぎた頃だった。ちょうど昼飯を終ったあとからマージャンをはじめたのだから、十時間近くも隣家にいたことになる。

その間中、加奈彦は絶えず川島トミ子の存在に神経を尖《とが》らせていた。トミ子は無口な女だった。挙動も静かだった。歩き方もひっそりしていて、何か影でも歩いているような感じだった。確かにうしろに坐っていたと思うのに、ふり返るともういない。かと思うと、いないと思っていたのに、もういつのまにか部屋の片隅に坐《すわ》っている。その度に、加奈彦は意気地なく驚かされた。その驚いた時に限って、上原常務が加奈彦を見つめていた。僅《わず》か一、二秒だが、その時の常務の視線が、更に加奈彦を萎縮《いしゅく》させた。

(何かがある)

加奈彦は胸の中で呟《つぶや》いた。

(それとも……偶然か)

そうも思ってみた。

冬美に似た女が隣家に来たことは、上原常務に何か意図があってのことに、ちがいないような気もする。が、そう考えること自体、おかしいのだと加奈彦は思いなおす。冬美と自分の関係や、冬美をあの理想郷の海に葬ったことなど、上原常務が知る筈がない。第一、冬美をあの断崖《だんがい》から突き落した田條九吉は、溝渕専務のふところ刀だ。敵の上原常務に、その行動が知れるわけはない。上原常務という男は、溝渕専務とちがって、社外の人間を使って事を企てるという男ではない。確かに社長派の先鋒ではあるが、いわゆる策士ではない。

(第一、上原常務と冬美とは面識がない)

傍《かたわ》らに健康な寝息を立てていた登志枝が、寝返りを打って加奈彦のほうを見た。加奈彦はその登志枝に背を向けた。眠っているとはいえ、自分のほうに顔を向けられると、うしろめたい思いになる。

(そうだ、田條に電話をしてみよう)

田條ならば、何かと相談にのってくれるにちがいない。田條にしても、もしあの川島トミ子が冬美であったなら、安穏《あんのん》ではいられないのだ。

加奈彦の枕もとの置時計は十二時になろうとしている。

(まだ起きている筈だ)

田條は二時を過ぎなければ眠らない。五時頃まで起きていると聞いたことも度々ある。

「午前中は、あっしの出番じゃないんでね」

いつか田條は、そう言って低く笑ったことがあった。田條の仕事柄、夜がその暗躍の舞台なのであろう。十二時では、もしかしたらまだ自宅に帰っていないかも知れない。そう思いながら、加奈彦はそっと登志枝の寝息をうかがった。

加奈彦はそっと登志枝の頬《ほお》に手をふれた。だが登志枝は、頬をちょっと動かしただけで、そのまますやすや眠っている。小電気のついた枕もとの電気スタンドを、加奈彦はそっと押しやって起き上った。

静かに襖《ふすま》をあけ、ふり返って登志枝を見たが、登志枝は依然として同じ姿勢で眠っている。襖をしめ、足音をしのばせて次の間に入ると、加奈彦は電灯のスイッチをつけた。

田條の電話番号は暗記している。加奈彦はダイヤルを廻《まわ》した。話し中だった。

(いるのかな)

田條の家族構成を加奈彦は知らない。だが電話をかけると、時折中年の男が出ることがある。女の声は一度も聞いたことはない。その男が田條の身内の者か、使用人か、それも加奈彦は知らない。一度田條に尋ねたことがあるが、

「そんなこと、町沢さんには関係のないことでしょう」

田條はニヤッと笑っただけだった。

再びダイヤルを廻してみた。

「ハイ」

男の声が出た。田條の家では、

「田條です」

とは、決して言わない。相手によっては、多分自分の名を言わずに切るのではないかと思うことさえある。「ハイ」というその声さえ、いつも咎《とが》め立てするような、無愛想な声だ。田條が出る時も、中年の男が出る時も、最初の声は必ず無愛想なのだ。

「もしもし、田條さんですね。ぼく、町沢ですが」

加奈彦は声をひそめた。

「いよお、町沢さんですか。どうしました今頃？」

不意に上機嫌な声が流れて来た。加奈彦はほっとしながら、

「やあ、ごぶさたしています。早速ですが、実はですねえ……」

言いかけて、加奈彦はうしろを見た。登志枝に聞こえはしないかと恐れながら、

「田條さん、実は隣に、また冬美が現れたんですよ、冬美が」

「えっ!?　また現れた？　あの披露宴に来ていた女の子ですか」

「そうなんですよ、田條さん」

上原常務の妻と、隣の家に来ていることを手短かに話してから、

「どう思います？」

と、加奈彦は、やや詰問調《きつもんちょう》に言った。

「どうって……偶然じゃないですか」

「そうですかね、偶然ですかね」

「そうでしょう。何もびくびくすることはありませんよ。あの娘が死んだことは、誰よりも、このわしがよく知ってるんですからね」

「しかしですね、田條さん。今日マージャンしてる時の、上原常務の目つきはですね……」

「気のせいですよ、気のせい」

田條はそっけなくいった。

「そうですかねえ、気のせいですかねえ」

「だって、わしの調べじゃ、あの娘は川島興産の社長の娘ですよ。ちゃんと川島家から出て来た所を写真にも撮った。上原常務の新夫人の従妹《いとこ》だということも、調べはついていることだし」

日比谷の音楽堂で会った時の田條には、まだ不安があった。が、今日の田條の答えには確信がある。冬美に似ていても、身元がわかった以上、田條には何の不安もないのだろう。

しかし加奈彦には、川島トミ子は、冬美に似ているだけで不安なのだ。赤の他人だとわかっていても落ちつかないのだ。

「しかしねえ、田條さん……」

言いかけると田條は、

「あんた、そんなに心配なら、自分で調べてみたらいいじゃないですか。大阪の川島興産に出かけて行って、社長に写真をつきつけて、聞いてみりゃあ、安心するんじゃないですか」

ややむっとしたように田條は言った。

「いや……調べる必要はないが……」

「町沢さん、手を下したわしが安心しているんですよ。あんたより、わしのほうが危ないですからねえ。だから、身元は徹底的に調べましたよ。まあしかし、それでもあんたは心配だろうなあ。人一人消しゃあねえ」

「……いやあ、そんな……わたしは只隣《ただ》にあの女が現れたんで、落ちつかなくて……」

田條を信用していないというのではない。二人は一蓮托生《いちれんたくしょう》なのだ。

「町沢さん、あんたねえ。大事な溝渕専務の婿《むこ》なんだからねえ。ノイローゼにでもなられたら、ことですよ。ひとつ、自分で納得するまで、調べたらどうですか」

「調べるって……どんなふうに」

「そうだね。先《ま》ずわしがやるんなら、川島トミ子に近づくね。近づけばトミ子が冬美か、赤の他人か、わかる筈ですよ。そうそう人間化けおおせるものじゃないからね。一番確かなことは、寝てみることとさ」

「寝てみる？」

「そうですよ。町沢さん、寝てみりゃ冬美かどうかわかるでしょう」

なるほどと、加奈彦はうなずいた。さすがに田條は思い切ったことを考える。だが、今の加奈彦は、冬美に似ているというだけで、手も足も出ない思いなのだ。

「しかし……それは、ぼくにはできそうもない」

「何をいってるんです？　食うか食われるかですよ。わしにしたって、万一その子が冬美だったら、一大事だ。何とかあんたはあんたなりに確めてもらいたいもんですな」

「………」

「確か、あの娘の家は旭川《あさひかわ》でしたね。その旭川の家を調べたり、常務の妻君から、さりげなく聞き出すという手もあるでしょう。とにかく手を尽くしてみなくちゃあ、町沢さんだって、枕を高くして眠れないわけだからねえ」

「ま、それはそうですが……」

「わしはしかし、彼女が川島家の娘だということで安心はしてますよ。決して同一人だとは思わない。だがね町沢さん。常務が冬美の事件を嗅《か》ぎつけて、瓜《うり》二つの女を使って、何か企《たく》らんでいるかも知れませんからね。油断はできないかも知れませんよ」

その時、隣室で何か音がした。加奈彦はあわてて、

「わかりました。じゃ、また」

と、電話を切ろうとすると、田條は、

「わしに調べてほしいことがあったら、いつでもいってください」

と言って、受話器を置いた。うしろで、襖があいた。ギョッとしてふり返ると、登志枝が、ピンクのパジャマを着たまま、

「どこから電話だったの？　わたし、電話来たの、ちっとも知らなかったわ」

と、寝惚《ねぼ》けた声で言った。

「うん、学校時代の友だちさ。酔っぱらってね、全く困るよ、こんな時間に」

加奈彦は電灯のスイッチを切りながら答えた。

七

翌朝、加奈彦は寝不足だった。田條に電話をかけて、かえって不安が増した。田條は、川島トミ子は冬美と同一人ではないと断言した。しかし上原常務は、何かを企らんでいるにちがいない、と言った言葉が引っかかったのだ。

（しかし、上原常務が冬美のことを知る筈《はず》がない）

今またそう思った時、突如として加奈彦は思い出した。加奈彦は思わず声を上げるところであった。いつか、冬美が会社に電話をかけて来、近くの東急ホテルのレストランで昼食を取ったことがある。その時、上原常務が同じレストランに、誰かと食事をしていた。冬美は上原常務と視線の合う場所に坐《すわ》っていた筈だ。突然冬美は立ち上がっててていねいなお辞儀をし、ふり返ると、常務が出て行くのを加奈彦は見た。

「君、常務を知ってるのか」

驚いて尋ねる加奈彦に、

「知らないけど、向こうでお辞儀をしたから……」

冬美はそう言った。

「へえー、常務が君にお辞儀をしたのかい」

と聞き返すと、

「あなたのつれだからでしょう」

と、冬美は答えていた。

(そうだ。あの時、常務は冬美の顔を見ている)

加奈彦は体から血が引いて行く思いだった。

(しかし……行きずりの冬美の顔を、常務が果たして記憶しているだろうか)

(記憶していたとしても、冬美がひそかに海に葬られたことを、断じて常務は知る筈がない)

そんなことを考えているうちに、加奈彦はいつまでも眠られなかったのだ。それでも、三時間は眠っただろうか。重い頭をふりながら、加奈彦はガレージから車を出した。とその時、隣家の庭に人の影が動いた。黄色いワンピースを着た常務の妻の琴子だった。ガレージを閉める音に、琴子は加奈彦に気づいて、

「お早うございます。いいお天気ですわね、今日も。昨日はせっかくのお休みを、どうもありがとうございました」

と、歯切れのよい声で言った。

「いや、こちらこそお邪魔しまして、どうも」

挨拶を返して車に乗ろうとした時、上原常務が出て来て言った。

「お早う、町沢君。ちょうどよかった。街まで便乗させてもらえるかね」

「ハア、こんな車でよければ……」

いやとは言えなかった。

「ありがとう。じゃ、すまんが」

と、家の中に、

「トミちゃん、トミちゃん、町沢さんが乗せてってくれるそうだよ」

と呼び立てた。

常務を乗せるのかと思ったが、乗ったのは川島トミ子だけだった。送りに出た登志枝が、ちょっといやな顔をした。が、すぐに愛想よく、

「よろしいんですか、町沢の運転でも」

と笑ってみせた。

加奈彦は仕方なく、車をスタートさせた。悪夢を見ているような妙な心持ちだ。バックミラーに映るトミ子の顔を見る度に、背筋が寒くなる。よく、運転手が幽霊を乗せる話を聞く。幽霊はバックミラーに映らないという。が、ふり返ると、ちゃんとうしろの座席に坐ってはいる。そんな話を思い浮かべながら、加奈彦は首筋が硬直するような感じだった。ト

ミ子はひっそりとうしろに坐っている。何も言わない。加奈彦もうかつに口はきけない。

（何のために、上原常務はこの女を乗せたんだ？）

　隣人を車に乗せるということは、考えて見ればごく当り前のことだ。だが加奈彦には、どうも当り前のことに思われないのだ。黙っているのも不自然だ。思い切って加奈彦は尋ねてみた。

「街の、どのあたりまで行かれますか」

「駅の近くまで」

　相変らず関西なまりで、トミ子は答えた。

「駅？　どこかにご旅行ですか」

「いいえ、旅行というほどじゃありませんけれど。ちょっと旭川まで」

「旭川!?」

　思わず加奈彦の声が上《うわ》ずった。その途端、横あいから出て来た車が、音を軋《きし》らせて急停車した。

「馬鹿野郎！」

　長髪の若い男が歯をむき出して怒鳴った。加奈彦は黙ってそのまま車を走らせた。

（こんな女を乗せたからだ）

危うく衝突をまぬがれた昂《たかぶ》りが、俄《にわ》かに加奈彦を饒舌《じょうぜつ》にさせた。

「すみません、運転未熟で」

トミ子は返事をしなかった。いや、したのかも知れない。そんなことは今の加奈彦にはどうでもよかった。それより聞きたいことがあった。

「川島トミ子さんとおっしゃいましたね」

「ハア」

出勤の車が、次第に前うしろにつらなって行く。時々前の車が眩《まぶ》しく朝日に光る。

「旭川にご親戚でもあるんですか」

「いいえ。学生時代の友人がいますの」

「学生時代？　大学はどこですか」

「青山です」

（なるほど）

田條が調べたとおりだ。話していると、声も冬美に似ているが、全く別人という感じもする。特にこうして顔を見ずに話をしていると、冬美とはどこか微妙な差があるように思われる。関西なまりのせいか、と加奈彦は思う。だがそれだけではない。それは、冬美と自分の会話の時にあった心の交流が、ないということなのだ。全く赤の他人と話している感じが益々《ますます》強くなる。

「失礼ですが、トミ子さんはまだ結婚していらっしゃらないんですか」

寝不足の眼はとうに覚めている。頭の芯は痛いが、変に頭は冴《さ》えていた。

「まだですわ」

「でも、決まっている人がいらっしゃるんでしょう」

「ご想像にお委《まか》せします」

「ぼくは、あなたに婚約者がいると思いますね。あなたのようなきれいな方に、婚約者がいない筈がない」

「…………」

「どうです？　あたったでしょう」

「…………」

「あなたは……旭川にご親戚はないとおっしゃいましたね」

「ええ」

「そうですか……ぼくは旭川に……」

あなたによく似た人がいたと、言いかけて加奈彦はやめた。下手なことを言っては藪蛇《やぶへび》になる。

車はいつしか北大前にさしかかっていた。あと五分もすれば駅に着く。黙って車を走らせていると、加奈彦は息苦しくて、何かしゃべらずにはいられない。

「あの……常務の奥さんは、どこがお悪いんですか」

「大したことはありませんけれど、結婚のあと、ちょっと疲れたようです」

信号の度に、車はなかなか動かなくなった。ラッシュアワーなのだ。一刻も早く、この女から離れたいと思いながら、一方では、何とかもっと近づいてみたいような思いにもなる。元々冬美は好きな女だった。決して嫌いなタイプではない。登志枝より器量もよい。只《ただ》、ひそかに冬美をこの世から消してしまった加奈彦にとって、あまりにも酷似した川島トミ子は、ひどく恐ろしいのだ。

ふと、昨夜田條に言われたことを思いだした。

「寝ればいい」

無造作に田條は言った。この女を抱いては、自分の体は萎《な》えるだろう。そう思いながらも、加奈彦の心の底に、この女を押し倒したい思いがないではなかった。それは、死姦《しかん》する男の心情にやや似ていた。

「トミ子さん」

「ハ?」

「今度の日曜日、どこかにご案内しましょうか」

「………」

「札幌の近所には支笏湖《しこつこ》、中山峠《なかやまとうげ》、積丹《しゃこたん》、石狩《いしかり》河口、といい所があるそうですよ」

「積丹は海ですか」

「ああ、積丹は海です。奇岩がたくさんあって、いい景色だそうですよ」

「………」

「そうだ、積丹に行きましょうか、一度」

「あの……わたし、海は嫌いです」

「え？　海は嫌い？　なぜです？」

車は駅前に来ていた。トミ子は礼を言って、ドアをあけた。

「あの……海って深いでしょう。冷たいでしょう。わたし、海は大嫌いです」

白いレースの手袋をつけた手が、ドアをばたんと閉めた。

女の影

門標

門　標

一

札幌《さっぽろ》はもうライラックが咲いていたが、旭川《あさひかわ》はまだつぼみであった。だが風のない街のせいか、札幌より気温が高いような気がする。

加奈彦は、高校時代の友人福山敏夫の勤める旭高校に来ていた。

「よお、珍しいなあ」

福山はワイシャツ姿のまま職員室から出て来た。

「やあ、突然出て来て……実は出張で来たんだがねえ、この高校の前を通ったら、君のいることに気づいてねえ。ちょっと顔を見たいと思ってさ」

「よく思い出してくれたね、町沢。君、貫禄《かんろく》が出たじゃないか」

福山は人のいい顔をほころばせた。福山は高校時代に、父親の転勤で北海道に来た。大学も北海道で、いま理数科の教師を務めている。高校時代から目立たない男だったが、家が近所で、加奈彦とは割合親しかった。

「広い校庭だね。さすがは北海道の高校だけあるよ」

「ああ、この学校は特別さ。何しろ敷地が二百メートル四方あるんでね。創立の頃はもっともっと広かったようだよ」

応接室に案内しながら、福山はいった。

応接室の前に来ると、加奈彦がいった。

「いいよいいよ。一目顔を見れば、それでいいんだ。午後からまた授業があるんだろ?」

加奈彦は時計を見た。

「いや、今日は午後は授業がないんだ」

福山は快活にいって、応接室のドアをあけた。歴代の校長の写真がずらりと並んでいる応接室に、加奈彦は落ちつきなく坐《すわ》った。窓に落葉松《からまつ》の新緑が、美しく見える。

「そうだ、君、結婚したんだってねえ」

「ああ、まあね。君はまだか」

「まだまださ。おれはもてないからね。なかなかきてがなくってね」

大理石の灰皿を加奈彦の前に押しやりながら、福山は笑った。

加奈彦が今日、旭川にやって来たのは、福山に会うのが目的ではない。福山には出張といったが、休暇を取って、早川冬美の実家の様子を探りに来たのだ。が、早川冬美の実家の住所を加奈彦は知らない。しかし、冬美の父親が高校の教師をしていたと聞いたことを記憶している。早川という名は、そうざらにある名前ではないから、職員録を調べれば、どの学校に勤めているか、すぐわかるにちがいない。人口三十万の旭川だ。高校の数はたかが知れている。多分十校前後であろう。

　福山を訪ねたのは、その職員録を見せてもらうためにほかならなかった。その冬美の父親は、あるいはこの学校に勤めているかも知れないのだ。うっかり、

「早川という先生はいるか」

　などと尋ねるわけにはいかない。冬美の父には気づかれずに、ひそかにその家庭を調べるのが目的なのだ。

　その加奈彦の腹のうちを知らない福山は、久しぶりの邂逅《かいこう》に、単純に喜んで、高校時代の思い出話をはじめた。二十分ばかり、加奈彦は適当に相づちを打っていたが、ひょいと時計を見て、

「あ、一時半までにちょっと行かなけりゃならない所があるんだ。残念だけど……」

　と立ち上った。

「なあんだ、もう帰るのか」

「ああ、しかし札幌と旭川だからねえ。ぜひ一度、君も遊びに来給えよ。うちでよけりゃ、宿も提供するぜ」

「ほんとかい。じゃ、近いうちに、遠慮なくお邪魔するよ」

福山はうれしそうだった。加奈彦はふと気づいたように、

「あ、そうそう、君、古井高司という教師を知らないかい。確か旭川の高校に勤めていると聞いたんだが……」

加奈彦は口から出まかせの、古井高司という名をいった。

「古井？　はてなあ、ちょっと聞いたことがないな。旭川だって、高校は幾つもあるからな」

「職員録はあるかい」

「ああそうだ、職員録を見ればわかる。ちょっと待ってくれよ」

気軽にいって福山は出て行った。

福山が持って来た職員録を、加奈彦は思わず奪うように受け取った。受け取ってからハッとした。福山に不審に思われはしないかと思った。が、福山は不審に思った様子もなく、加奈彦と一緒に職員録をのぞきこんだ。

「古井ねえ……ないいな」

福山は言う。加奈彦は心の中で、早川、早川と言いながら旭川市の高校の部を目で追って行く。福山の勤める旭高校の頁《ページ》に来た。福山は、

「ああ、うちの高校は調べる必要はないよ。古井というのはいないから」

と、次の頁に目を走らす。仕方なく加奈彦も次の頁に目をやったが、あるいは旭高校に冬美の父親がいるのではないかと、気が気でなかった。十校近い旭川市内の高校を、加奈彦は次々に目で追って行った。早川という名はなかった。やはり、この旭高校にいるのではないかと気がかりだったがもう一度調べることもできない。仕方なく、加奈彦は職員録を閉じた。表紙を見ると、一年前の職員録だ。

「おや、これは去年の職員録だね。今年のはまだないの?」

「ハテナ。もうそろそろ今年のが来る頃だがね。ちょっと見て来る」

福山はそう言って、忙しげに応接室を出て行った。加奈彦は急いで、旭高校の頁をひらいた。

「あった!」

思わず加菜彦は小さく叫んだ。早川静人という名があった。席次は上のほうである。その席次から言って、冬美の父親の齢頃であった。加奈彦は素早く手帖にその名を控え、職員録を閉じた。この同じ屋根の下に、冬美の父親がいるのだと思うと、激しく動悸《どうき》がした。

福山がせかせかと戻って来た。

「今年のはまだだとさ。毎年春には人事の異動があるからね、六月頃にならなければ、新しいのができないらしいよ」

加奈彦は一刻も早くここを去りたかった。立ち上って、

「なに、今日ぜひとも会わなきゃならないわけじゃないんだ。只、旭川という街に、はじめて来たんでね。会えれば会いたいと思っただけだよ。いや、お邪魔したね」

玄関まで送りに出た福山と別れた加奈彦は、心もそぞろにハンドルを握った。美しい新緑の並木も、加奈彦には目に入らなかった。この街も札幌に似て碁盤の目のようになっている。しばらく行くと街角に水色の電話ボックスがあった。加奈彦は車を停《と》めた。

二

エゾムラサキツツジや芝桜が、どの庭先にも咲いていた。東のほうに伸びた郊外の住宅地を、加奈彦の車はゆっくり走っていた。公衆電話の電話帳で、加奈彦は早川静人の住所を調べたのである。明るい光の下に、三、四歳の男の子や女の子が、のろのろと三輪車に乗っている。どこかで犬の声が聞える。真白な洗濯物が光を弾《はじ》き返している。如何《いか》にも平和な住宅地である。が、その住宅地に車を乗り入れた加奈彦の眉間《みけん》には、深い縦じわが刻まれていた。

加奈彦は道路のわきに車を片寄せてとめ、外に出た。一方に草地が広がり頭上で雲雀《ひばり》の声が聞えた。

(ひばりか)

思ったが加奈彦はすぐに、歩きはじめた。早川という家はどんな家なのか。冬美の家族はどんな人間たちなのか。いやそれよりも、あの川島トミ子が本当に冬美なのか。加奈彦は何よりもそれが知りたかった。が、はたと加奈彦は立ちどまった。

さり気なく、冬美の家を訪れるべきか。それとも隣近所に冬美の家の様子を聞きまわるべきか。それにしても、どんな口実をもって人の家に入って行くべきか。生命保険のセールスという手もある。が、パンフレットを要求されたら、偽セールスマンと見破られる。昨夜遅くまで考えたことだが、いざとなるとやはり気遅れがする。

どの家も小ぎれいだ。が、如何にもサラリーマンたちが住むような、敷地五、六十坪の小ぢんまりとした家がつづく。早川の家はなかなか見当らない。が、早川の家を人に尋ねることだけはすまいと、加奈彦は思っていた。後で、早川の家を尋ねて来た男がいたと、人に知られることとは、避けたかった。

同じような家が建ち並ぶ向うに、二百坪の敷地はある大きな家があった。加奈彦は再び戻ろうとしたが、その家の前まで行って見た。門標を見て、加奈彦の胸はとどろいた。「早川静人」白い瀬戸の門標に、達筆な行書体で書かれてあった。

(こんな豪華な邸宅だったのか)

冬美の顔を思い浮かべながら、加奈彦は心を静めてその家の前を通った。色の濃いツツジが、五、六本、庭の池に映っている。大きな岩や配置よく植えこまれた木々が、丈低いブロックの塀越しに見える。が、屋内《やぬち》に人影はなかった。テラスも玄関も窓も、ひっそりと閉ざされている。

確か、母親は歯科衛生士で、妹は美容師だと、加奈彦は聞いていた。三人が力を合わせて働けば、こんな豪奢《ごうしゃ》な家が建つものなのかと、加奈彦は驚きながら、さりげなく再び歩みを返した。

がっしりとした鉄筋コンクリートの二階建だ。加奈彦は、わざとその町内を避けて、次の町内に入った。外で子供を遊ばせている若い母親がいた。丸顔の、目鼻立ちのはっきりした女だった。見馴《みな》れぬ加奈彦に、親しみ深い笑顔を見せた。

「どこかお尋ねですか」

加奈彦は、さっきここを通って行ったのを、家の中からでも見ていたのだろうか、確か先ほどは、ここにこの女はいなかった筈《はず》だったと思いながら、

「ええ」

と、あいまいな微笑を浮かべた。

「どちらさんをお訪ねですか」

疑うことを知らぬようなまなざしを、まっすぐに加奈彦に向け、女は親切に言った。その親しみ深い表情が、加奈彦の思いを変えた。早川静人の家族について、聞いてみたくなったのである。

「あの、早川さんというお宅は……」

「ああ、早川さん」

みなまで言わせずに、女はうなずき、指さしながら言った。

「お隣りの町内の、この並びの一番端のお家《うち》ですわ。この辺の地主さんですからね。大きな家ですよ」

「地主さん？　確か高校の先生と思いましたが」

「え、ご主人は先生ですわ。先代が亡くなられてね」

「なるほど」

冬美の家が地主だとは、加奈彦は聞いてはいなかった。

「お子さんたちは……お元気でしょうかね」

加奈彦はわざと、「お嬢さん」という言葉を避けた。

「ええ、一番上の息子さんは、この間結婚しましたしね。二番目の息子さんも、三番目の息子さんも、大学に行って……」

「息子さん？」

冬美から、男の兄弟がいるとは聞いてはいない。思い切って加奈彦は尋ねた。

「確かお嬢さんもいらっしゃいましたね」

「いいえ、男のお子さんばかりですよ」

女はちょっと不審そうに加奈彦を見た。加奈彦は思わず目を伏せた。自分を余り印象づけたくはなかった。

「ああ、そうでしたか。や、どうも……」

あたふたと加奈彦は、車のほうに戻って行った。

早川という高校の教師は確かにいた。が、どうやら人違いらしい。先ほど、福山と共に、職員録を見たために、冬美の父の早川の名を見落としたのかも知れない。加奈彦はがっくりとしながら車に戻った。

加奈彦は車を五分ほど走らせた。再び電話ボックスを見つけて、中に入った。市内の高校に、片っ端から電話をかけるつもりになったのだ。早速、公立高校からかけはじめた。

「もしもし、早川先生は、今授業中でしょうか」

「え？　早川先生ですか、こちらには早川先生はいらっしゃいませんが」

くぐもるような女の声が聞えた。

次々と加奈彦はかけて行った。三度目にかけた時だった。少し年を取った男の声が、

「早川先生は旭高校ですよ」

「いや、旭高校の早川先生とはちがうんですが」

「旭川の高校ですか」

「はい、旭川に住んでいると聞きましたが……」

「ハハア、早川先生ねえ。あんた、それは去年まで西鷹村《にしたか》の高校におられた早川先生じゃありませんか」

「西鷹村の?」

西鷹村は旭川市の近郊である。では、旭川から車でも通っていたのだろうか。

「多分ねえ。それ以外に、ちょっと心当りはありませんねえ」

「じゃ、今も旭川にお住まいで?」

「いや、確か帯広《おびひろ》の私立高校に移ったと聞きましたがね」

「帯広ですか。じゃ、奥さんはお勤めをやめて……」

「お勤め? ああ、歯科医に勤めていると聞いたことがあったようですな」

電話を切った加菜彦は、一時に力がぬけたような気がした。確かに冬美の親たちは、帯広に移ったのだ。母が歯科衛生士であると聞いていたからまちがいはない。

加奈彦は時計を見た。旭川から帯広までは百八十キロもある。これから帯広に行く気にはなれなかった。行ってみたところで、どれほどのことが探れるか、自信がなくなった。加奈彦が知りたいのは、冬美があの海から、誰かの手によって助け出され、生き返ったかどうかということである。

一旦、電話ボックスの外に出た加奈彦は、再び中に入った。西鷹高校に電話をかけて見ようと思いついたのだ。小銭は少し用意して来てある。電話帳で西鷹高校の電話番号を調べると、心を静めるように深呼吸をし、ダイヤルをまわした。

　女の声が出た。

「恐れ入りますが、早川先生をおねがいします」

　加奈彦はわざと明るい声になった。

「早川先生ですか。あの、帯広に移られて、もうこの学校にはおられませんが」

　既に加奈彦の承知している返事がかえって来た。話し方の様子では、中年の女性らしい。加奈彦にとって、一番くみしやすい年代である。ふっと多畠井瑛子のことを思い出しながら、加奈彦はいった。

「いやあ、そうですか。ぼく早川先生の教え子ですが、実は東京からやって来たんです」

「あら、それはお気の毒ですわね」

　果して同情に満ちた声が返って来た。

「あの……先生のご一家は、お変りないでしょうか」

「ええ、詳しくは存じませんけれど、お変りないいんじゃないいんですか」

「そうですか。下のお嬢さんは、確か美容師でしたね」

「そうですって」

「上の方は、確か東京に行っておられたと思うんですが、お元気なんでしょうか」

「さあ、どうでしょうか。別に東京からお帰りになったとはお聞きしてませんけれど」

「そうですか。いや、ありがとうございました」

　加奈彦は受話器をおいてほっとした。もし冬美が死んだとわかったならば、葬式は必ずするにちがいない。また、海から救い出されたのならば、警察沙汰にならないわけはない。もしかしたら、家族にとって、冬美は行方不明になってしまった娘なのかも知れない。教師は何よりも体面を重んずる。行方不明であれば、ひたかくしにしておく筈だ。しかも行方不明になった人間は、警察でも突きとめ難《にく》いと聞いている。もしあの川島トミ子が冬美ならば、必ずや、一度や二度は帰って来ている筈なのだ。帯広に学校が移ったのも、行方不明の娘を苦にしてのことではないか。が、それにしても、旭川まで加奈彦を駆り立てた川島トミ子のあの言葉は何を物語るのか。

「海って深いでしょう。冷たいでしょう。海は大嫌いです」

　と、トミ子はいったのだ。加奈彦は札幌に向けて車を走らせながら、あれこれと思いめぐらしていた。

　夕方疲れて家に帰った加奈彦を、妻の登志枝は、固い表情で迎えた。加奈彦はどきりと

した。が、さりげなく、

「あ、疲れた疲れた」

と食卓についた。登志枝は黙ってビールの栓《せん》をぬいた。ビールを出すのはいつものことだ。加奈彦がコップを出すと、登志枝はぷいと立って行った。

「何だ、登志枝？」

言いかけたが、加奈彦は黙って、自分でビールを注《つ》いだ。もしや、旭川に行ったことがばれたのではないか。今日は滝川《たきかわ》にいる友人を訪ねると、登志枝には言っておいたのだ。社宅に住んでいる以上、妻に内緒で休むわけには行かない。ちゃんと、滝川名物のジンギスカン鍋の肉も、買って帰って来たのだ。が、あるいは旭川まで行ったのを、誰かに知られ、登志枝に知られたのではないかと、不安になった。

（ひょっとすると、福山の奴《やつ》、早速電話でもよこしたのじゃないか）

そう思いながらも、

「登志枝、何をふくれている？」

と威張って見せた。登志枝が戻って来て、じっと加奈彦の顔を見つめた。

（まさか、冬美のことではあるまいな）

そう思った時、登志枝がいった。

「あなた、あなたわたしに、何か隠しごとをしてるでしょう」

「隠しごと？」

とんでもないと言わんばかりに、加奈彦はビールをあおった。登志枝にかくしていることは幾つもある。その第一が冬美のことだ。冬美と関係のあったことも、田條に冬美を殺させたことも、登志枝には全くの秘密である。

「何も秘密はないとおっしゃるの」

「ある筈《はず》がないじゃないか」

何を言われても、白《しら》を切るよりほかはない。加奈彦は再びビールを注いだ。

「そうかしら？　わたし、今日という今日は……」

登志枝はたかぶった声になり、涙ぐんだ。

「何を藪《やぶ》から棒に言い出すんだ。人が折角、マトンを買って来てやったのに」

「じゃ、うかがいますけどね。多畠井瑛子さんって、一体誰なの」

「多畠井？」

聞き返しながら、加奈彦はしまったと思った。慎重な瑛子は、手紙や電話をよこす筈がない。が、誰かが、登志枝の耳に入れるということはあり得る。

「まあ！　ご存じないっておっしゃるの」

「知らないねえ、多畠井なんて」

「そう、じゃ、これはどなたの字？」

小さな小包を登志枝はテーブルの上にポンと置いた。加奈彦はハッと顔色を変えた。

記念塔の下

記念塔の下

一

登志枝の投げ出した小包を見て、加奈彦はハッと顔色を変えた。

「ほらごらんなさい。顔色が変ったじゃない」

登志枝は鋭く加奈彦を一瞥《いちべつ》した。

加奈彦は忙しく心の中で思いめぐらした。とにもかくにも多畠井瑛子との関係は、かくし通さねばならない。とっさにそう心に決めると、落ちついた声でいった。

「うーん、しまったな。どうして戻って来たんだろう」

「ふざけないでよ。差出人はあなたよ。中には何が入っているか、ご存じなんでしょう?」

登志枝の声が上《うわ》ずった。

「ああ、知ってるよ、凄《すご》いブローチだろう」

「あなた、どうしてわたしにかくれてそんなことを……」

突っ立ったまま声をふるわす登志枝に、加奈彦はいった。

「まあ、すわれよ。すわって話を聞けよ、登志枝。実の所、ぼくは、多畠井瑛子とかいうその人を知らないんだ」

「まあ！　白じらしい！」

「白じらしい？　登志枝、そう一方的にきめつけるもんじゃないだろう」

次にどういうべきかと言葉を探しながら、加奈彦はわざとむっとしたように言った。

「じゃ、知らない人に、どうしてブローチなんかプレゼントするのよ」

「プレゼント？　困ったなあ。ぼくはブローチをプレゼントした覚えはないよ」

「ごまかさないで！」

「ねえ登志枝、ぼくの目をじーっと見つめてごらん。ぼくが嘘を言っている目か、どうか」

加奈彦は悪びれもせず真っすぐに登志枝を見つめながら、

「ぼくがいま困ったといったのはね、君は男の世界を知らないということなんだよ」

登志枝は加奈彦の目を刺すように見た。が、加奈彦の目には何のかげりもなかった。登志枝は自分から視線を外《そ》らした。加奈彦の態度に自信がゆらいだのだ。

「男の世界って、何よ」

登志枝はようやく椅子に坐《すわ》った。

「つまりさ、これはね、会社の、ぼくの親しい男から頼まれたんだよ。彼女とデートした時、ブローチを忘れて行った。だからそれを送ってくれってね」

ある男ということだけは嘘だが、あとは本当の話だ。

「あら、自分で渡せばいいじゃない?」

「それがさ、そうそう会える相手じゃないらしいんだよ。何でもね……そうだ、思い出したよ。この人は六井財閥の娘とか孫とかいってたな。しかし一回名前を書いただけで、覚えるわけはないよ」

「まあ! 六井財閥の?」

登志枝は驚きの目を見張った。

「それであなたに送らせたの」

「そうだよ。そこはま、男同士だからね」

「それを頼んだ方って、どなた?」

「それは……いわないものだよ、男は」

「あら、わたしにも言えないの、怪しいわね」

再び登志枝の語調が尖《とが》った。

「……言えるさ。しかし、何だか奴《やっ》を裏切るようで、いやな気持だな」

「いいじゃないの、わたしたちは夫婦なんだもの。いえないわけがないでしょ」

「そりゃあまあ……。じゃ、うっかり口をすべらすなよ。隣近所は社宅だからね」

「いわないわよ」

「佐羽根さ」

「あら！　佐羽根さん。あんなまじめな顔をして」

勘定奉行という綽名《あだな》のある佐羽根を、専務の娘である登志枝も知っていた。佐羽根は本社の課長補佐である。加奈彦の入社時代の、直接の上司であった。

「まあ、そんなものさ男なんて」

「あら、あなたもそう？」

「ぼくは別だよ。何しろ溝渕専務のお嬢さまをいただいている身としては、満足この上もござりませぬからなあ」

「あら、ほんとかしら？」

登志枝は手もなくごまかされて、機嫌を取り戻した。

「おやおや、佐羽根さん、よっぽどあわてていたと見えて、区名が脱《ぬ》けてるじゃないか」

「あら、書いたのはあなたでしょ」

「そうさ。でも、ぼくは彼のメモのとおり機械的に見て書いたんだからね。しかし、いくら区名が脱けていたって、芝西久保で港区だってことぐらいわかるじゃないか。郵便局も不親切だよ、値上げばかりしてるくせに」

加奈彦は注がれたビールを飲みながら、

「すまんがね、君、書きなおして出してやってくれよ」

と言った。

加奈彦は内心ほっとしていた。瑛子がホテルにブローチを忘れて行った時は、次に会う時に返せばいいと思っていた。が、とにかく品物は高価なブローチである。背広の上着に入れて歩くわけにもいかない。それで会社の机の隅《すみ》にしまっておいたのだ。ところが、瑛子に会う暇もなく転勤と決まった。机の整理をする時、会社でブローチを小包にした。が、多畠井瑛子の住所は知らない。電話帳を調べて住所を確めた。差出人は自分の名前にし、住所は本社にした。ところがあわてていたと見えて、港区の区名を落としたのだ。で、小包は本社に戻って行ったわけだが、それがいつであったか、恐らく会社にしばらくの間とどめられていたのだろう。出してから二カ月以上も経って戻って来たのだ。

(悪いことはできない)

加奈彦は心の中で呟《つぶや》いた。

二

旭川に冬美の家庭を探りに行ったが、結局は帯広に移ったことを知っただけで、加奈彦はむなしく帰って来た。が、かえって、そのことで、川島トミ子の正体を知りたいという思いは募った。何日か前、トミ子を札幌駅まで送った時は、調べるまでもなく別人のように思われた。が、今日も垣根越しに隣の庭に川島トミ子の姿を見ると、その姿と言い顔と言い、あまりにも似過ぎているように思われる。

(まちがいなく川島トミ子ということは、田條が調べ上げてくれていることだ)

そう幾度か自分に言い聞かす。だが、自分がこの世から葬り去った冬美によく似た女が、すぐ隣に住んでいることは、加奈彦を絶えずおびやかした。いやでも冬美を思い出させるのだ。

(冬美の腹には子供がいた筈《はず》だ)

そんなことまで、ふっと思い出してしまう。勢《いきお》い、加奈彦は家に帰るのが憂鬱《ゆううつ》になる。と言って夜遅く帰ることも薄気味が悪い。

昨夜、こんなことがあった。加奈彦は朝、登志枝に、

「今日は遅くなるよ」

　と言って出かけた。断わりさえすれば、登志枝の機嫌を損うことはない。とにかく、せめて一日ぐらい、川島トミ子の顔を見ずに過したいと思ったのだ。会社からまっすぐに帰ると、いつもトミ子は庭で花に水をやっていたり、洗濯物を取りこんでいたり、ふしぎと顔を合わすのだ。そんな時、よほど、

「冬美さん」

　と、呼んで見ようかと思うことがある。そう呼んだ時に、もしトミ子が冬美であるなら、必ず表情に変化が起きると思うのだ。が、それはできそうでできないことだった。万一冬美だったとしたら、どんな返事がかえって来るか。そう思っただけで恐ろしいのだ。

　隣家は大体十時になると消灯する。それを知っていて、加奈彦は昨夜十一時近くにわが家に帰った。案《あん》の定《じょう》隣の家は暗かった。タクシーから降りると、加奈彦はほっとして家の門に入りかけた。と、わが家の玄関の前に川島トミ子がひっそりと立っていた。思わず加奈彦は二、三歩うしろへ退《さ》がった。トミ子が微笑した。門灯に片頬《かたほお》を照らされたその微笑は、ぞっとするような無気味な微笑だった。

「お帰んなさい」

　声も冬美にそっくりだった。

「や、今晩は」

加奈彦は辛《かろ》うじて答えた。

「今までお邪魔して、ごめんなさい」

トミ子は上体を動かさぬ歩き方で、すーっと加奈彦のほうに近づいて来た。加奈彦は思わず道の傍《わき》へ体を寄せた。何ごともなかったかのように、トミ子はそのまま軽く会釈《えしゃく》をして去って行った。

只《ただ》それだけのことだった。だが加奈彦には、「只それだけのこと」には思えなかった。何かが企《たく》らまれているような気がしてならなかった。何も知らない登志枝は、

「今夜も、お隣のトミ子さんいらしてたのよ」

と、加奈彦を迎えた。

「うん、今、会ったよ」

「あら、お会いになった？　十分ほど前にお帰りになったのよ。じゃ、散歩でもしていたのかしら、そのあたり」

（十分前!?）

では、トミ子はその十分の間、一体何をしていたのだろう。加奈彦が気がついた時は、加奈彦の家の門灯の下にひっそりと立っていたのだ。タクシーの中からは、隣家のほうば

かり見ていて、トミ子がどこにいたのか、加奈彦は気づかなかった。たった今、加奈彦の家から出て来たものとばかり思っていた。

(うちの庭にひそんでいたのだろうか)

夜、しかも人の家の庭に、何のためにトミ子はひそんでいたのか。自分の帰りを待っていたのではないか。一体、何のために待っていたのか。

着替えながらむっつりと考えこむ加奈彦に、登志枝は言った。

「トミ子さんって、幸せな方ね」

「そうかい。何が幸せなんだい」

「だって結婚したら海外に住むんですって」

「何だ、外国に住むことが、そんなに幸せなのか」

加奈彦は不機嫌に言った。何を一体、この遅くまで、トミ子は登志枝と話をしていたのか。

「そうよ。わたしも外国に行きたいわ」

あこがれるようなまなざしになって、登志枝は言った。

「時々遊びに来るのかい、あの人」

「そりゃお隣ですもの。向うさんも退屈でしょうし、わたしも退屈ですもの」

「常務の奥さんはおいてくるのかい」

「いいえ。大抵は一緒よ。今夜は別だったけど」

「ふーん」

加奈彦は落ちつかなかった。自分の留守に、夜遅くまで妻とトミ子が話し合っている姿を思い浮かべた。

（もし、あれが冬美だったら……）

何も知らない登志枝に、どんな復讐をするかわからなかった。

床に就いてからも、昨夜加奈彦は、なかなか寝つかれなかった。

（まさか、殺しやしまいな……）

しかし、いつ妻に真相を暴露するかもわからない。すべてを知った時、登志枝は一体どうするだろう。そう思った時、加奈彦はトミ子を冬美と決めてかかっていることに気づいて、苦笑した。

（問題は、あれが冬美か否かということだ）

帯広まで行ったところで、立ち入った調べができないことは、旭川まで行った体験でよくわかる。

（そうだ、帯広に電話をして見ようか）

冬美の高校時代の友だちと言えば、様子はわかるかも知れない。

（それとも、思い切って、川島トミ子をどこかに連れ出すのだ）

海は嫌いだと言っていた。定山渓《じょうざんけい》でもいい。中山峠《なかやまとうげ》でもいい。誰もいない山の中で、問いただして見るのだ。

「冬美！」

そう言って抱きしめてもいい。そしてもし冬美だったら、今度こそ完全に消してしまうのだ。

（しかし、冬美でなかったら……）

常務の親戚の娘に、手を出すことは危険である。問題は冬美かトミ子か、はっきりさせることなのだ。もし、冬美だとしても、自分が消せば、自分に嫌疑がかかるだろう。

（どうも、こと冬美のことになると、頭の回転が鈍くなる）

加奈彦はいまいましかった。やはり、さりげなく、

「冬美さん」

と呼んで見るのが、はっきりするような気がした。自分が呼ばなくてもいい。誰かに頼んで、散歩しているトミ子のうしろから呼びかけてもらうのだ。

（だが……果してそんなことを誰に頼めるか）

頼んだ自分を、頼まれた者は変に疑がうにちがいない。不要な証拠は残すことはない。

やはり自分で、ある時突如、冬美の名を呼んで見るのが一番だと思った。もし、トミ子が冬美なら、自分の本当の名を呼ばれた時、必ずふり返るにちがいない。何十年も使っていた名前というものは、重いものだ。自分の本名を呼ばれて、平気でいるほど、人は強くはない。人間は誰でも不用意なものだ。その不用意を突けばいい。

（しかし、この手は下の下だ）

加奈彦はそうも思う。相手は川島トミ子になっている。いや、川島トミ子かも知れないのだ。万一冬美だとしても、こっちはあくまで、トミ子だと信じているふりをしていなければならない。そのためには、やはりひそかに確証をつかむ必要がある。そして、冬美だとしたら、再び消すだけのことだ。

（誰が消すか。それはむろん田條だ）

それにしても、どうして冬美でないことを立証するのか。加奈彦は考えあぐねた。

（もし冬美だとしたら……）

上原常務が隣家に住まわせた目的は何か、ということになる。いや、その前に、冬美がどうやってあの海から助かったかということになる。とにかく、あまりじたばたしては、敵に乗ぜられると加奈彦は思い返した。この頃はほとんど、全神経が隣に向けられていて、睡眠が不足勝ちだ。会社でも、顔色が悪いと言われる。確かに自分でも、食欲がないし、気力がないと思う。

(そうか、もしかして、奴《やつ》らは、おれがノイローゼになるか、病気になってしまうのを、狙《ねら》っているのではないか)

そう気づいた時、加奈彦はぞっとした。冬美かどうかわからないということが、こんなにも自分をおびやかしている。

(とにかく、昨夜十分間は、おれの家の庭に、あの娘はいたのだ)

それがひとつの鍵になりはしないかと、加奈彦は考えていた。

三

加奈彦、登志枝、そして川島トミ子、上原常務の妻琴子の四人は、野幌《のっぽろ》の北海道百年記念塔の駐車場に降り立った。途端に強い風が四人の髪をなぶった。海が近いせいか風が強い。日本海のほうに向って、石狩《いしかり》平野が六月の光の下に、遠く広がっていた。

「あら？　ひばりの声よ」

登志枝がうれしそうに声を上げた。警笛を鳴らして、赤い観光バスが三台、駐車場に入って来た。

加奈彦は先に立って歩き出した。その後に登志枝たち三人がつづく。

今日の日曜日、加奈彦は登志枝にねだられて、トミ子たちとドライブする破目におちいってしまった。登志枝は二、三日前に言ったのだ。

「ねえ、野幌の原始林って、見たいわ。つれてってよ。わたし、上原さんの奥さんに、約束しちゃったのよ」

最初加奈彦は気が進まなかった。トミ子と一日行を共にするのは、やりきれない気がしたのだ。が、トミ子について何かを探ることができるかも知れないと、加奈彦は思いなおした。

今朝十時過ぎに家を出、四十分余り車を走らせて、記念塔に着いた。記念塔は石狩平野のどまん中にそそりたつ、一〇〇メートルもある焦茶《こげちゃ》色の高い塔だ。北海道開拓の労苦を記念して建てた塔だ。野幌原始林は、この記念塔の背後から、二〇〇〇ヘクタールにわたって南方につらなっている。

加奈彦は、入園券売場で四人分の券を買い、塔への階段へ近づいて行く。階段と言っても、ゆるやかな数段の階段だ。階段を上ると平らな舗装路が広々と伸び、少し行くとまたゆるやかな階段がある。それをくり返して、高い記念塔の下に至るのだ。

「まあ、素敵な川！」

琴子が声を上げる。階段の中央に幅広い浅い水路が作られているのだ。階段を流れる浅い水は、一見透明なビニールの布に見えた。階段の角から弧をなして落下する水が、液体ではなく固体のように見えるのは何のせいか。

「ほんとに素敵！　モダンだわ。エキゾチックだわ」

子供っぽく登志枝がはしゃぐ。一歩一歩近づくにつれて、塔は大きくのしかかるようだ。塔の上を行く雲が白い。郭公《かっこう》の声も聞える。

「ね、あなた。ここで写真を撮ってくださらない？」

言われて加奈彦は、肩からぶらさげていたカメラのキャップを外しながら言った。

「そうだねえ、このあたりがいいかも知れない。あまり塔に近づくと、塔の全景が入らないからね」

琴子を中央に、三人は並んだ。加奈彦はピントを合わせてカメラの中のトミ子を見た。カメラの中の小さな映像では、冬美とは全く別人のような気もする。姿態にどこか冬美より知的な感じが漂っている。

(やはり別人か)

このトミ子が、冬美とは全く別人の女なら、どんなに気が楽だろうと思いながら、加奈彦はシャッターを切った。

「もう一枚撮りますよ」

三人は再び、少しすました顔になった。

(この世には偶然ということがあるからなあ。冬美によく似た女が、隣に住むことだって、あるだろうさ)

強《し》いて自分に言い聞かせながら、加奈彦は再びシャッターを切った。

その時、今しがた着いたバスの観光客たちが、紺のスカートに白いブラウスを着た若いガイドを先頭に、ぞろぞろと階段を登って来た。

「もう一枚撮りますよ」

「あら、もういいわよ」

登志枝が言った。

「あと一枚だよ、芸術写真を撮るんだから」

カメラの中のトミ子が、冬美とは全く別人のように思われた加奈彦は、少し気が楽になって、そんな冗談を言った。

「あら、芸術写真?」

「そうさ。せっかく美人が三人そろったんだからね。心ゆくまで撮らせてもらうよ」

女たちが、レンズの中で笑った。加奈彦は、観光客が旗を立てたガイドに導かれ行く傍《そば》に、記念写真を撮られている三人がいるのは、おもしろい構図ではないかと思ったのだ。

と、その時だった。

「あら、冬美さん! 冬美さんじゃないの、あなた」

観光客の中の若い一人が叫んでトミ子に駆け寄った。

加奈彦はハッと息をのんだ。川島トミ子は、その声に気づかぬように、空を仰いでいる。

「えっ? フユミさん?」

駆け寄った女性に、登志枝がいぶかしそうな視線を向けた。

「いや、あなたじゃなくて……」

若い女性はトミ子を見た。

「あら、この方、フユミさんじゃないわ」

再び登志枝が言った。トミ子はゆっくりとその女性を見た。

「まあ！　冬美さんじゃないんですって？　でも……でも、瓜《うり》二つですわ」

「あら、そんなにトミ子さんに似た人がいるんですか」

上原常務の妻の琴子が、その女性とトミ子を交互に見た。

「ええ、もうそっくり。その方、東京の三Mデパートで同じ一階だったんですけど」

「あら、この方は大阪の方よ」

琴子の言葉に、その女性は幾度もふり返りながら去って行った。が、その間、一言もトミ子は口をひらかなかった。

一部始終を見ていた加奈彦は、心の底からほっとした。もしトミ子が冬美なら、冬美と呼ばれて、平然としているはずはない。だがトミ子は、自分を呼ばれたとは気づかずに、空を見上げていたのだ。そしていぶかしそうに娘を見ていたのだ。それは確かに、トミ子と冬美が別人であることの証拠だ。加奈彦は安心した。

(天の助けだ)

塔のほうに歩いて行く女たちのうしろを、加奈彦は言いようもない開放感に満たされて歩いて行った。加奈彦自身、誰かに頼んで、突如、

「冬美さん!」

と呼びかけさせてみたいとさえ思っていたことだ。それが、思いがけなく、たった今自分の目の前で起こったのだ。

(もう心配ない。やっぱり川島トミ子だったのだ)

田條ほどの男が、冬美を殺し損《そこ》なうはずはなかったのだと、改めて今までの不安がこっけいにさえ思われて来る。

(冬美でないとすれば……)

思わずニヤリと加奈彦は笑った。冬美に似た女がひどく新鮮に思った。冬美をやすやすと手に入れることができたように、トミ子もやすやすと手に入れることができるような気がした。顔の似た女は、心情も似ているように思うのだ。

四人は、記念塔のそばに来た。見上げると、焦茶色の塔の先端がゆらいでいるように見える。風に乗って、雲が早い。と、塔が傾いて来るような錯覚をおぼえた。

「こわいわ。ほんとうに塔が動いてるのかしら」

登志枝がいうと、琴子が、肌理《きめ》のこまかいのどを見せて見上げながら、

「上のほうは、少しは動いているんじゃございません」

と答えた。

トミ子が加奈彦を見て、何とはなしに微笑した。それは今までに見せたことのない親しげな微笑だった。加奈彦は心が一層浮き立った。死んだ冬美を自分の中から追い出すためにも、この女は必要だと思った。もしトミ子と親しくなれば、それはトミ子との思い出になる。決して相手は冬美ではないのだ。トミ子なのだ。加奈彦もまた、親しげな微笑をトミ子に送った。

「すばらしいわねえ」

塔の前から見る石狩平野は限りなく広かった。

「やっぱり北海道ねえ」

琴子に答えて登志枝もいう。風が三人の髪を乱す。髪に手をやって、遠くを見る三人の姿を、加奈彦はまたカメラにおさめた。

やがて四人は車に乗って、林業試験場の裏手の原始林の入り口に来た。車輛《しゃりょう》は乗り入れ禁止になっている。原始林の中で昼食を取る予定だった。四人はそれぞれバスケットや魔法瓶、果物、ビニールのふろしきなどを持って、原始林の中に入って行った。

一歩入ると、藪《やぶ》の匂いがした。むせるような草いきれだ。太い桂《かつら》やニレの木が森閑《しんかん》と立っている。赤いつたが巻きついている木や、蛇《へび》のような太いこくわ蔓《づる》がぶらりと下がっている木もある。どこかで鶯《うぐいす》の声がした。

「ま、かわいい声」

琴子が少女のような声を上げた。道端には大きな蕗《ふき》が生き生きと葉をひろげている。

「おいしそうなふきやわ」

トミ子も言った。

「空気までおいしいわ」

登志枝の言葉に、

「本来空気はこんな味なのさ。ぼくらのふだん吸っている空気は、排気ガス混入の、人工空気さ」

緑が深い。空気まで緑に見えるほどだ。女たちの顔も、緑に映えて、ややや弱々しく見えるのも可憐《かれん》だ。

「こんな中に、家を建てて住んだら、楽しいでしょうねえ」

琴子がうっとりという。

「あら、うちはこわいわ」

琴子には、トミ子は遠慮なく大阪弁を出して言う。その言葉を聞くと加奈彦は、

（冬美じゃない、確かに別人だ）

と改めて安心した。

木の下の草原《くさはら》にビニールを敷いて、四人は食事を始めた。海苔巻《のりまき》、おにぎり、サンドイッチと、弁当はバラエティーに富んでいる。

「さ、これがお菜よ」

琴子のふたを開けた重箱には、ゆで卵、漬物、鶏肉《とり》の煮付け、ふきと油揚の煮〆《にしめ》など、これまた多彩である。加奈彦はその出されたすべてに箸《はし》をつけようと思った。三人の女のつくったものだ。一つでも箸をつけないと不公平になる。久しぶりに解放感を味わった加奈彦には、にぎり飯もサンドイッチもすしもうまかった。

「ねえ、トミ子さんと似たひとがいるのかしらねえ。フユミさんとかいってたわね」

登志枝がさっきの話を持ち出した。

「そうね、あの女の人、人ちがいってわかってからも、まだしげしげとトミ子さんを見ていたわよ」

琴子が答える。

「うちもそのひとに会ってみたい。会って、記念写真を撮ってみたいわ」

と、トミ子は肩をすくめてみせた。

「叔父さまの落とし種かも知れなくってよ。そのフユミさんっていうひと」

　琴子が冗談を言う。

「そうかも知れませんねえ」

　言いながら加奈彦は鶏の煮付けを口に入れた。生姜《しょうが》とニンニクがほどよくまじり合った、その甘じょっぱい味に、加奈彦は覚えがあった。加奈彦は考える顔になった。登志枝の味でもない。レストランの味でもない。

「まあおいしい鶏肉！　これどなたがおつくりになった？」

「トミ子さんよ」

　加奈彦は顔の引き吊《つ》るのを覚えた。

（そうだ！　この味は冬美の味だ）

　冬美の部屋で幾度か食べたことを加奈彦は思い出した。余り鶏肉の好きでなかった加奈彦が、この冬美の鶏肉だけはうまいと思ったのだ。

（そうだ！　あれだ！）

　鶏肉を、生姜とニンニクをすりおろした醤油《しょうゆ》につけておく。確かその醤油には、酒も入っていたはずだ。それを加奈彦はよくうまいと言って食べたものだ。加奈彦は目のくらむのを感じた。

「ほんとにおいしいわ、この鶏肉。何といいお味かしら」

登志枝は無邪気にほめあげている。

加奈彦の頭の中は混乱していた。先程、団体客から冬美と呼ばれた時に、この女は何の動揺も示さなかった。一体それはなぜか。それはこの女が冬美と別人だからではないのか。だがこの味は冬美の味だ。味は微妙なものだ。

(やっぱりこの女は冬美か)

(しかし……)

同じ味付を他の人間がしないとは限らない。ニンニクと生姜と、醤油と酒の割合は、料理の本に出ているかも知れないのだ。

(そうか、料理の本というものがある。何だ、馬鹿馬鹿しい)

加奈彦は、冬美と呼ばれても動揺を見せなかったトミ子を思って、自分の思い過しに苦笑した。

「全くおいしい鶏肉ですねえ。こんなおいしい鶏肉ははじめてですよ」

「あら、そうですか。どうもありがとう」

トミ子がそう言って微妙な視線を絡《から》ませて来た。

「ほんとですよ。はじめてです」

はじめてというところに、加奈彦は力を入れた。

「はじめて？　まあ、トミ子さんずいぶんほめられたわね」

琴子がそう言って、意味ありげにトミ子を見た。

「トミ子さんて、お料理が上手よねえ。プリンもとてもおいしくおつくりになるわ。アップルパイもよ、あなた」

登志枝が加奈彦の肩に手をかける。

「そうですか。じゃ、今度ごちそうしてください」

冬美もよくアップルパイやプリンをつくってくれたものだ。またしても、冬美とトミ子が加奈彦の頭の中で交錯しはじめる。

「せっかくここで食事をしてるんですもの、ここも記念に写真に撮っておきましょうよ」

登志枝の言葉に、加奈彦は食べかけのにぎり飯を皿におき、カメラを持った。

三人を写すと琴子が言った。

「町沢さんもお入んなさいよ、奥さんの横に」

琴子がカメラを持った。とその時、琴子の遥《はる》か背後から、若い男女が腕を組みながら、ゆっくりと歩いて来るのが見えた。梢《こずえ》を見上げたり、道べの草を指さしたりして、若い男女は楽しげに近づいて来る。

とその時、加奈彦の頭にハッとひらめくものがあった。

（そうか。これか）

あの若い男女たちは、まだこちらに注目してはいない。先ほど自分がトミ子たちを撮っている時、冬美さんではないかと呼びかけたあの観光客も、あたりの風物に気を奪われて、すぐにはトミ子に気づかなかったにちがいない。が、トミ子は、カメラをかまえた加奈彦のうしろから来るあの女を、いち早く捉《とら》えていたのかも知れない。とすれば、

「冬美さんじゃないの？」

と駆け寄られた時は、既に心の準備ができていたとも言える。心の準備ができていれば、白《しら》を切る余裕もあったはずだ。

（そうか、そうかも知れない）

加奈彦の胸の中に、再び冬美とトミ子が交錯しはじめた。

四

家に帰ったのは、午後三時を過ぎていた。加奈彦と登志枝が着替をしていると、玄関のブザーが鳴った。

「あら」

登志枝は脱ぎかけたブラウスをあわてて着、急いで玄関に出て行った。

「まあ！　お珍しい」

一オクターブ高い登志枝の声が聞こえて来た。

(誰だ？)

加奈彦は疲れていた。今日はもう誰にも会いたくなかった。冬美かトミ子かわからぬ女と半日つきあって、加奈彦の神経はくたくたに疲れていた。

「さあ、どうぞどうぞ」

早速招じ入れる声がして、それに答える男の低い声が聞こえた。自分勝手に客を招じ入れる登志枝に腹を立てながらも、加奈彦は急いで腰に帯をした。

「あなた！　田條さんよ」

弾んだ登志枝の声に、加奈彦はいいようもない安堵《あんど》が胸にひろがるのを感じた。

「そりゃあ珍しい」

玄関に出て行こうとした時には、田條はもう部屋に入って来ていた。黒眼鏡をかけた田條は、登志枝の家に来ていた時と同じように、陰気なふんいきを漂わせていた。

「よくいらっしゃいましたね」

うれしそうな加奈彦の顔を、田條は片手をポケットに突っこんだまま、じっと見て、

「何だか痩《や》せたようだね」

とソファに坐《すわ》った。長い足を大きくひらいて、田條はソファの背に、だらしなく体をもたせかける。

「ほんとうによく来てくださいましたねえ」

加奈彦は同じ言葉をくり返した。田條はふっと笑って、タバコを口にくわえた。

「ほんとうにお珍しいわ。田條さんには父の家でしか、お会いしたことがないんですもの」

登志枝の父の溝渕専務の家に、田條は確かに度々出入りしていた。溝渕専務と田條の特殊な関係を、登志枝ものみこんでいた。田條が溝渕専務の部屋で、長いこと話し合っていたことは幾度もある。が登志枝は、田條を心のどこかで軽く見ていた。社員たちに対するより、ずっと田條をぞんざいに扱って来た。それは、ほとんど人と口をきかない、拒絶的

な田條のあり方にもかかわりがあった。一見暴力団ふうなその容姿にもあった。登志枝が田條に対して、笑顔を見せることなど、ほとんどなかった。田條も、登志枝に親しく口をきくことは、ほとんどなかった。

それなのに、田條であれ誰であれ、東京を離れて札幌に来たばかりの登志枝には、東京の人間は一様に懐《なつ》かしかった。

「あなた、これ、田條さんからよ。その上、父と母から頼まれてこんな大きな荷物まで持って来てくださったのよ」

浅草海苔の箱と少し大きなふろしき包みを、登志枝は加奈彦に見せた。

「これはこれは、どうも、恐縮です」

「いや、東京から札幌までは今は近いですよ。布団一組持って来るんだって、たやすいご用ですよ」

田條は家の中を注意深く見まわしながら、

「なかなかいい家じゃありませんか」

と、尋常な挨拶をした。

「今夜何かご馳走しますわ。ゆっくりしていらして」

登志枝の言葉に、田條は手を横にふり、

「いや、今日はちょっと仕事で来てますんでねえ。悪いけど、お宅のご主人をお借りしますよ」

「あら、お話なら、うちでなされば?」

「いや、ほかにも会わなけりゃならない人間がいますから」

田條は、加奈彦の都合は聞かずにそう言った。仕事の話と言えば、溝渕専務からの、何かこみ入った話だろうと、加奈彦も思い、登志枝も思った。と、その時、庭に足音が聞え、テラスから川島トミ子が顔を出した。田條がギョッとしたようにトミ子を見た。加奈彦はその田條に気づいて、自分も何となくあわてた。

「あら、ごめんなさい。お客さま? これ、冷蔵庫に冷やしてあったものですから……お疲れにいかがかと思って」

果物の缶詰を二つ、トミ子はテラスにおいた。

「まあすみません、どうも」

登志枝は無邪気な声で礼を言った。

「いいえ。今日はほんとに楽しかったわ。お疲れになったでしょう」

と、明るく言って帰って行った。

登志枝がキッチンのほうに姿を消した時、田條はうなるように言った。

「似てる! 何度見てもそっくりだ」

と、吐息を洩《も》らした。

「似てるでしょう。あんな女が隣にいては、ノイローゼになりますよ。しかしね、今あなたを見て、向うでは何の反応もありませんでしたからね。ありゃあ、やっぱり冬美じゃありませんよ」

安心したように、加奈彦は笑った。

「そりゃそうだ。わしが調べたとおり、大阪の川島家の娘だからね。冬美じゃないことはハッキリしている」

「ハッキリしていても、ギョッとするでしょう」

「うん、ギョッとするね」

田條は低く笑って、

「知ってるか。多畠井瑛子が札幌に来ているよ」

「え!? 瑛子が?」

キッチンのほうで、蛇口《じゃぐち》から水のほとばしる音がしている。加奈彦はぐっと声を低めた。

田條が目でうなずき、

「但《ただ》し、亭主《ていしゅ》も一緒だ。詳しい話は外でする。とにかくちょっと出よう」

(瑛子が来ている)

加奈彦は胸を躍らせながら、再び外出の用意をした。

茶を飲んだ二人が立ち上ると、登志枝が尋ねた。

「お帰りは？」

「もしかしたら、ぼくのホテルに泊ってもらうかも知れませんよ」

田條は陰気な声で言い、

「近いうちに、専務が札幌に見えますよ。驚かせてやりたいから、黙っていてくれと頼まれましたが、内緒で教えてあげます」

「ま、ほんと!? いつですか、田條さん」

「近いうちです。明日かも知れませんよ」

田條の片頬《かたほお》が笑った。

玄関前には、見馴《みな》れた田條の車があった。

「おや、フェリーで来たんですか」

東京と札幌とは近いなどと田條は言っていたので、飛行機で来たのかと加奈彦は思っていたのだ。

「ああ、フェリーですよ」

こともなげに田條は言い、車のドアをあけた。ひょいと隣りの庭を見ると、上原常務の

妻とトミ子の姿が庭木越しに見えた。田條はちらりと女たちの姿を見、ギヤを入れながら、

「なるほど」

と、独りごとを言った。助手台に乗った加奈彦は、田條の傍《そば》にいるだけで、ひどく頼《たの》もしい気がした。

「朝夕、あの女の姿を見せつけられるんですからねえ」

車が走りだしてから、加奈彦はさもたまらないというように田條を見た。

「そりゃかなわんね」

田條はぞんざいに言った。田條の言葉は、時折ていねいになり、時折ぞんざいになる。

「かないませんよ、全く」

加奈彦は、旭川に訪ねて行った話から、今日、百年記念塔の所で会った観光客や、鶏肉の煮付けの話までした。

「やっぱり、あんたノイローゼだよ。トミ子のほうで、先にその観光客を見ていたかどうか、断定できないことじゃないですか。冬美かも知れないと思うから、何もかも冬美と結びつくような結果になるんですよ」

「それもそうかも知れませんね。とにかく、冬美なら田條さんの姿を見て、驚かない筈《はず》はないですものね」

「そうですよ。あの理想郷のトンネルの中で……」

田條の声に凄味《すごみ》があった。

記念塔の下

破局

破　局

一

ネオンサインの華やかなススキノの歓楽街を後に、加奈彦を乗せたタクシーは、Gホテルに向っていた。Gホテルには瑛子《えいこ》が泊まっている。それを告げてくれたのは田條《でんじょう》だ。

(三カ月ぶりだな、瑛子に会うのは)

加奈彦の目に、瑛子の豊満な白い体がちらつく。

田條は職掌《しょくしょう》柄、人の動きに詳しい。明日の夜、登志枝の父の溝渕《みぞぶち》専務が札幌《さっぽろ》に来ることはむろんのこと、溝渕専務と共に、上原常務が同行すること、多畠井と瑛子がGホテルに泊ること、及び明日大手会社の支社オープンに出席する人名など、田條はみな調べ上げていた。

つい今しがたまで、加奈彦は田條と共に、花むらという郷土料理店で夕食を取っていたのだ。

「この店には一度来てみたいと思っていたんですが、札幌にいるぼくが案内されるなんて」

そう言う加奈彦に、

「ぼくのほうが札幌は詳しいですよ。いや、札幌ばかりじゃない。日本の主要都市は悉《ことごと》くわが庭ですよ」

「なるほど、大企業のある所はすべて、田條さんの縄張りですものね」

「そうさ、あしたは、その縄張りが一つまたふえるわけだよ。札幌も全くでかくなったなあ」

そんなことを田條はいっていたが、サングラスの底にちかりと目を光らせて、

「お宅の会社は、来月が株主総会ですね。こりゃみものですよ」

と、意味ありげに笑った。

「いよいよ決戦ですか」

今のところ、専務派が優勢である。病弱の社長が退陣を迫られるのは目に見えている。溝渕専務が有力な社長候補であることは、衆目の見るところだった。

「なに、決戦にもならんでしょう。溝渕さんがあっさりと社長になりますよ。それだけの地盤は、社内にがっちりと築いていますからねえ。となると、町沢さん、あんたも何かと忙しくなりますよ」

「そうですか。おやじさんが社長になる公算は大きいですか」

「何を言ってるんです。そんなこと、もう決まったも同然じゃないですか。まあ、よほどの悪材料でも出て来ない限り」

悪材料という言葉に、加奈彦は思わずどきりとした。その時のことを思い出しながら、加奈彦はGホテルの前で車を降りた。まだ八時を過ぎたばかりである。

田條は、多畠井が今夜十二時過ぎまで、ホテルには帰らないこと、瑛子がその間ホテルにいるであろうことを、知らせてくれたのだ。が、もしかして、瑛子はどこかに外出しているかも知れない。加奈彦は不安だった。

(それにしても、どうして連絡をしてくれなかったんだ)

瑛子からは、前金として、五十万円もらっている。加奈彦としては、その借財がある以上、瑛子に会わねばならぬ義務があった。

(同伴ということで、連絡をしてくれなかったのかも知れない)

しかし、一人瑛子をホテルにおいて行くぐらいなら、同伴することはなかったのではないか。あるいはこの後、二人で北海道を廻《まわ》るつもりなのか。

そんなことを思いながら、ホテルのロビーに入った加奈彦は、ハッとして立ちどまった。ロビーの一隅《いちぐう》に、瑛子を取り囲んだ三人の女たちを見たからである。女たちは、何と妻の登志枝と、隣家の川島トミ子、それに上原常務の妻琴子であった。思わず顔をそむけ、そ知らぬ顔でエレベーターのほうに近づこうとしたが、いち早く加奈彦を見つけた琴子が、立ち上がって手を上げた。登志枝もトミ子も、加奈彦のほうをふり返った。

（しまった！）

思わず舌打ちをしたが、加奈彦は仕方なく女たちのほうへ近づいて行った。

「やあ、偶然ですね」

琴子とトミ子に声をかけながら、瑛子には初対面のような表情で目礼した。

「ご紹介します。こちら登志枝さんのご主人ですの。うちの会社の。この方が多畠井瑛子さん。わたくしの実家の、昔から懇意の……」

「ハア、初めまして、町沢です」

「多畠井です、どうぞよろしく」

瑛子はやや驕慢《きょうまん》に礼を返した。その二人を登志枝は交互に見た。つい先日、多畠井瑛子のことで、加奈彦と言い争ったばかりである。あの時加奈彦は、瑛子という女性は知らないと言い張った。

瑛子は加奈彦に、何の関心も持っていないように見えた。

「ご主人もごいっしょですか？」

「ええ。でも、主人は十二時頃まで帰って参りませんものですから……皆さんにお目にかかれて、うれしゅうございましたわ」

その言葉に加奈彦は、瑛子の心を読みとった。

「じゃ、ごゆっくり。登志枝、ぼくはこれから、まだ人と会わなければいけないから、今夜は遅くなるよ」

「わかりましたわ」

　加奈彦が立ち去ろうとすると、琴子が言った。

「わたしたちもそろそろ失礼しましょうか」

　その言葉を聞いて、加奈彦は再び、

「じゃ」

　と頭を下げながら、ちらりと瑛子に目を走らせた。瑛子の目がかすかに笑った。

　エレベーターに乗って、加奈彦はほっとした。まさか、妻の登志枝とここで顔を合わせるとは、夢にも思わなかった。

（そう言えば……）

　上原常務の結婚式に、瑛子の父が祝辞を述べていたことを、加奈彦は思い出した。確かあの時、瑛子の父の六井東三郎は、新婦の琴子をよちよち歩きの頃から知っていると、祝辞の中で入っていた。恐らく琴子と瑛子は親しい仲にちがいない。だが、何も登志枝まで誘って来ることはない筈《はず》だと、加奈彦はいまいましい思いだった。気のいい登志枝は、札幌にまで来た淋しさもあって、琴子やトミ子と必要以上に親しくなっているような気がした。

（上原常務は敵方なのだ）

溝渕専務の娘である登志枝が、それを忘れるわけはない。

（困ったものだ、登志枝も）

加奈彦はいらいらした。

七階でエレベーターを降りると、レストランがあり、レストランの入り口に赤電話があった。近くに人影のいないのを確かめてから、Gホテルのナンバーを廻し、瑛子の部屋につないでもらった。瑛子はまだ部屋に戻っていない筈だった。が、誰も部屋にいないとはかぎらない。瑛子が自分に連絡していなかったことで、加奈彦は疑っていた。コールサインがしばらくつづき、

「お留守のようです。お出になりません。館内においでのようですが、お呼び出ししましょうか」

ていねいな交換手の声がした。

「いや、結構です」

あわてて加奈彦は電話を切った。まだ館内に妻の登志枝たちがいるかも知れないのだ。

加奈彦はレストランの前をぶらぶらしながら、十分程時間をつぶした。レストランの中から、

静かにエレクトーンの演奏が聞こえてくる。

再び電話をかけると、今度はすぐに瑛子が出た。

「あら、すぐにいらっしゃいよ」

「お部屋にですか」

瑛子の大胆さに驚く加奈彦に、

「大丈夫よ。多畠井には、ちゃんと先廻りして女の子が来てますのよ。今頃はきっとその子のほうよ」

とは言いながら、あまりにも不敵だった。別に宿を取るのではなく、自分の部屋に来いと言うのだ。いかにも瑛子らしくも思われる。加奈彦はスリルを感じた。いついかなる事情で、多畠井が帰って来るかわからないのだ。

瑛子の部屋は一階上の八二〇号室であった。ノックをすると、すぐにドアがあいた。紫のネグリジェに着替えた瑛子が艶然《えんぜん》とした笑みを浮かべて立っていた。

「どうして連絡してくれなかったんです?」

瑛子を抱きよせながら、加奈彦は先《ま》ず言った。

「それより、どうしておわかりになって?」

「ぼくの嗅覚《きゅうかく》は鋭いからですよ」

加奈彦は、瑛子の唇に自分の唇を重ねた。田條から聞いたなどとは、おくびにも出さない。

唇を離すと、瑛子はベッドに腰をおろして、

「連絡する暇がありませんでしたの。近頃物凄《ものすご》く忙しくて、多畠井は、どうやら政界に出たいらしいんですの。父のバックアップで」

「へえー、国会へですか」

「ええ、参議院にね。馬鹿馬鹿しい。全国区を狙《ねら》ってるから、近頃はむやみとあちこち歩きまわりますのよ。必ずわたくしをつれて」

「どうして、あなたをつれて?」

「どこへでも妻をつれて行くということで、品行方正のイメージを、ご婦人方に与えたいいんじゃない?」

瑛子は肩をすくめ、

「とんだ品行方正よ。夫も妻も……」

ちろりと赤い舌を瑛子は見せた。それが瑛子を、思いがけなく小娘のように愛らしく見せた。

「お脱ぎなさいな」

瑛子が、加奈彦のネクタイを解いた時だった。ドアがノックされた。加奈彦はギョッと

した。瑛子もハッとドアを見つめた。加奈彦の顔色が蒼白《そうはく》になった。再びドアはノックされた。瑛子はバスルームを指さした。が、加奈彦はためらった。バスルームに隠れたところで、瑛子の夫が帰って来たのなら、逃れようがないからだ。三度ノックの音がした。

「大丈夫、多畠井のノックじゃないわ。早くバスルームに隠れて」

瑛子のささやきにうなずいて、加奈彦はバスルームに入った。がちゃりとノブの音が聞え、

「あーら、琴子さん」

華やかな瑛子の声が、ドア越しに聞えた。

「ごめんなさい、瑛子さん。今、売店で、お好きな蒸しうにの缶詰を見つけたの。フロントにお預けしようと思ったんですけど、もう一度お顔を見たくて」

「まあ、蒸しうにに！　うれしいわ。今着替えていたものですから、こんな格好をしてごめんなさい。……あら……先ほどはどうも失礼いたしました」

瑛子の声の様子では、どうやら登志枝たちも廊下にいるらしい。

「あのう……先ほど瑛子さん、今夜は退屈だっておっしゃっていらしたでしょう。素敵な方だから、もう少しお話できたらって、トミ子さんがおっしゃって」

「あら……でも、もうこんな格好で、お目にかかるのは失礼ですわ」

婉曲《えんきょく》に断る声を、加奈彦は息を殺して聞いていた。

「そうねえ。瑛子さんも東京からいらして、お疲れですものねえ」

琴子の声につづいて、登志枝の何か言う声がした。

やがてドアの閉まる音がし、バスルームのドアがひらかれるまで、加奈彦は思考力を失っていた。

「ああ驚いた！」

言ってから加奈彦はハッとした。さっきポケットに入れた筈のネクタイが、いつのまにかバスルームの入り口に落ちていたのだ。

「見つかっただろうか」

「大丈夫よ、わたくし戸口に立っていたのですもの」

だが、バスルームは部屋に入ってすぐ右手にあった。長々と伸びたネクタイが、琴子の目にふれなかったといえるかどうか。

「とにかく驚きましたよ。河岸《かし》を変えませんか。ここじゃとても落ちつかない」

「そうね、まだ、多畠井が帰るまでに、三時間はあるわ」

「じゃ、Nホテルに一足先に行っています。今のシーズンじゃ、まだ満室ということはありませんから」

加奈彦は、あたふたと持っていた背広を着、ネクタイをしめた。

「蒸しうになんか、フロントに預けてくれればよかったのに」

薄いネグリジェを脱ぎ捨てながら、瑛子も呟《つぶや》く。電灯の下に、肉づきのよい瑛子の肢体《したい》が光っていた。が、今は、加奈彦は只《ただ》この部屋を一刻も早く出たかった。

「あんまりお急ぎになっても駄目よ。その辺でぶつかるかも知れないことよ」

「大丈夫ですよ。部屋を出るところさえ見つからなきゃあ」

レモン色の鮮やかなパンタロンスーツに着替えた瑛子は、鏡の前に坐《すわ》った。

「じゃ、Nホテルを予約しておこう」

加奈彦はダイヤルを廻した。思ったとおり部屋はあった。

「何号室かね、……ああそう、五〇五号室だね」

受話器をおくと、

「五〇五号室ね」

と、瑛子が立ち上って、加奈彦の首筋に口づけをした。

「じゃ」

瑛子がドアをあけ、そっとあたりを見まわした。

「誰もいないわ」

加奈彦は、一人廊下へ出て、ドアをうしろ手にしめた。途端に加奈彦はギョッとした。

向いの部屋が不意に開いたのだ。が、出て来たのは見知らぬ男だった。ほっとして、加奈彦はエレベーターのほうに歩いて行く。男も黙って歩いて行く。ひっそりした夜のホテルの廊下は、不気味だった。柔らかいジューターンに足音が吸われる。エレベーターの前で、ボタンを押すと、傍《そば》に男も立っていた。エレベーターは二基とも下に降りている。男はタバコを口にくわえたが、そのくわえたタバコを指に挟《はさ》んで言った。

「失礼ですが、あなたは確か、KB建設の町沢さんですね」

加奈彦の頭にカッと血が上った。

「え、ま」

「多畠井さんとは親しいんですか」

加奈彦の顔が歪《ゆが》んだ。二人の前に、エレベーターが音もなくひらいた。

二

翌日の夕方――。

加奈彦が家に帰ったのは、六時少し前だった。登志枝は浮かない顔をして加奈彦を迎えた。今日午後一時、溝渕専務を迎えに、加奈彦も登志枝も千歳《ちとせ》空港まで出向いた。その時ははしゃいでいた登志枝が浮かない顔をしているのだ。内心加奈彦はぎくりとした。昨夜のネクタイの一件がある。が、そ知らぬ顔で、

「お父さん元気でよかったね。今夜八時過ぎに来られるそうだね」

「ええ、そうらしいわ」

抑揚のない声が返って来た。

和服に着替える加奈彦に手伝いながら、

「ねえあなた、昨夜、ずっとあのホテルにいたの？」

「ああ、いたよ。どうして？」

やはり勘づかれたのかと思った。が、加奈彦はあくまでしらを切る覚悟を決めた。どんなに詰めよられても、しらを切り通すのが、浮気の極意だと、何かの本で読んだ。

「ねえ、さっきねえ、琴子さんがいらして、多畠井夫人の部屋に、あなたのと同じネクタイが落ちてたっていうのよ」

「馬鹿馬鹿しい。ぼくのネクタイに足はついていないよ」

加奈彦は呆《あき》れた顔になった。なかなか芝居がうまいと、加奈彦は自分自身に満足した。

昨夜のことは、既に登志枝から聞いている。加奈彦が留守と聞いて、昨夜琴子は夕食に登志枝を誘って街につれて行ってくれた。それが、記念塔へ案内してもらった御礼だということで登志枝は断わることができなかった。天ぷらを奢《おご》ってもらったあと、Gホテルに懇意の者がいるからと、更に誘われたという。蒸しうにの缶詰を持って、再び部屋まで行ったことも、登志枝は事こまかに話したのだ。その時には登志枝は、いささかも加奈彦を疑うそぶりはなかった。それで安心していたのだが、今になってネクタイのことを持ち出されたのだ。

「でも、琴子さんは、意味ありげにわたしの顔を見て笑うのよ」

「ぼくの昨日のネクタイを見覚えていたのかねえ」

「そうよ、今日は素敵なネクタイだなあって、あの奥さん、ちゃんとロビーで見ていたんですってよ」

探るように登志枝は加奈彦を見、

「まさか、あなたじゃないでしょうね」

「え？　何だって？　馬鹿も休み休み言えよ。彼女とあそこではじめて会ったんだよ。昨夜が初対面じゃないか。君だって見てただろう」

「ねえ、そうよねえ。わたしもそう思ったのよ。でも、あの方が、あのブローチの主でしょう」

「あのブローチ？」

　とぼけた顔を登志枝に見せながら、加奈彦は居間のソファに戻った。

「ほら、住所が不確かで、戻って来た小包があったでしょ」

「ああ、あったね。どこかで聞いた名前だと思った。あの人か。悪いことはできないもんだな」

　加奈彦の様子に、登志枝はやや安心したように、

「あのブローチのこともあるし、わたし少し憂鬱《ゆううつ》になっていたのよ。あなたかも知れないような気がして」

「呆れたよ、あのネクタイはこの世に一本しかないわけじゃないよ。第一、年上の女なんか、ぼくは興味がないよ。それよりもお茶が欲しいな」

　言いながら、加奈彦は夕刊をひらいた。一面と二面と、見出しだけに目を通しながら、五面をひらいた時、加奈彦はひとつの記事に目を注《と》めた。

〈惨！　新婚旅行への途次、ガードレールに激突、新郎新婦即死〉

と、二行に書かれ、新郎新婦の写真が出ていた。その新婦の写真の下に、新婦トミ子さんと書かれてあったのだ。

(同じ名前だ)

と思いながら、記事を読んで行った加奈彦は、思わず声を上げるところであった。

〈新婦は、大阪の川島興産KK社長川島源一氏の三女で、新郎枝間広さんはドイツに留学中のところ、この度帰朝し、結婚式を挙げ、新婦をドイツに伴い帰るため、羽田空港に向う途中、この惨事に会った〉

と書いてある。

(やっぱり、隣の女は、川島トミ子じゃない!)

新聞を持ったまま、加奈彦は立ち上った。

妻の登志枝は、この記事をまだ読んでいないにちがいない。

新聞をたたみ、加奈彦は呆然《ぼうぜん》として再びソファに坐《すわ》った。

「あなた、お茶をいれましたわ」

加奈彦はお茶には目もくれずに、唇を固く噛《か》みしめた。

(田條の奴《やつ》!)

田條は自分を欺《だま》していたのだ。

加奈彦は、自分がわなにかかったことを悟らないわけにはいかなかった。

溝渕専務を交えての夕食も、加奈彦には無我夢中であった。何を食べたのか、何を話したのか、自分でもわからない。頭の中は只、先ほど読んだ夕刊の記事で一杯だった。

（やっぱり冬美だった！）

どのようにして冬美が上原常務と近づいたのか。上原は、冬美から一切を聞いていたのか。なぜ溝渕専務の懐刀《ふところがたな》である田條が、冬美をトミ子などと偽ったのか。

加奈彦は同じことを幾度もくり返し考えていた。幸いにして、久しぶりに会った溝渕専務と、その娘の登志枝が楽しげに会話をしていたから助かったものの、それでも時折、

「変ね、あなたったら。とんちんかんなことばかりいって」

と、たしなめられる加奈彦だった。

食事が終って、溝渕専務はテレビの前に坐った。登志枝が食事の後始末をはじめた。加奈彦は落ちつきなくその二人を見ていたが、とにかく田條を追究しなければならぬと、電話をかけに立った。田條のホテルの電話は聞いてある。

が、あいにくと田條は外出中であった。帰ったらすぐに電話をするように伝言をして、加奈彦は電話を切った。

（もし、冬美の殺害を頼んだことが、上原に知られていたとしたら……）

足もとがぐらぐらと揺らぐのを感じながら、加奈彦は新たな不安に襲われた。加奈彦に

は、田條が自分に対しニセの報告をしていたことが、何よりも大きな衝撃であった。それは明らかに、田條が敵の陣営にあることを意味している。今の今まで加奈彦は、田條を自分の共犯者だと思っていた。一蓮托生《いちれんたくしょう》の間柄だと思っていた。万一の時にも、田條がいれば、何とか窮地は乗り切れると思っていた。加奈彦は悪夢を見ている思いだった。

力なく加奈彦は椅子に腰をおろした。

「田條に何か用事だったかね」

テレビを見ていたと思った溝渕専務が声をかけた。

「は、ちょっと……」

言葉を濁すと、

「加奈彦君、君、今日は何だか顔色が悪いね」

溝渕専務が心配そうにいった。

しばらくして、夕食の後始末を終えた登志枝が戻って来た。

登志枝はマガジンラックの中にある夕刊をひろげた。加奈彦がぎくりとした。

「あら!?　あなたこれを見た?」

登志枝はいわゆる三面記事しか読まない。登志枝が見るのは、どこそこに火事があったとか、銀行強盗があったとか、交通事故があったとか、そんな記事ばかりである。

「何だい？」

仕方なしに加奈彦は答えた。登志枝はそのまま記事を読んでいたが、

「川島トミ子さんて、同姓同名かしら」

「………」

「あらぁ……変ねえ。この記事おかしいわ。ねえ、ちょっと見て。ね」

「何だい？」

面倒臭そうに答える加奈彦の前に、夕刊が置かれた。

「ここを読んでよ。確か川島トミ子さんの婚約者は、ドイツに行ってたわよね。そうだわ、お父さんは川島興産の社長だといってたし」

登志枝は不審そうに、加奈彦の傍《そば》に坐《すわ》って、再び記事を読みはじめる。

「ね、おかしいと思わない？　この記事」

「何だね、何がおかしいのかね？」

興奮気味に騒ぎ立てる登志枝に、溝渕専務が二人のほうを見た。

「おかしいのよ、お父さん。お隣りにね、川島トミ子さんって、川島興産のお嬢さんがいるのよ。その人が、羽田の飛行場に向う途中に、交通事故で亡くなったんだって。さっき庭先で見たばかりよ」

「同姓同名だろう、それじゃ」

「だって、ドイツに婚約者がいるっていうことだって、川島興産の娘だということだって、記事とおんなじよ」

「ふーん、じゃ、どっちかがニセ物だろう」

「じゃ、どっちがニセ物なのかしら？　ね、あなた。お隣りのトミ子さんは本物よね」

「さあ……ま、そうだろうな」

歯切れ悪く答える加奈彦に、

「そうよ、この記事がおかしいのよ。お隣り、これまだ読んでないんじゃないかしら。わたしちょっと行って来るわ」

「やめとけよ、登志枝」

加奈彦はあわてた。だが登志枝は、夕刊を持って玄関のほうに走って行った。

「子供みたいな奴だな、登志枝は」

事の重大さを知らない溝渕専務は、のんきな声で笑った。加奈彦は錯乱しそうな思いに耐えながら、

「ハア」

とうなずいた。

その時、玄関のほうで人声が聞えた。と思う間もなく登志枝につづいて、上原常務夫妻と川島トミ子が部屋に入って来た。

「やあ、お邪魔します」

上原常務がいつもより一層愛想のよい笑顔を、溝渕専務と加奈彦に向けた。

加奈彦は冬美を見た。血が全身からぬけて行く感じだった。

「さあどうぞ、おかけになって。今ね、あなた、よくわかるように説明してくださるんですって。本当に妙な記事よねえ」

人さえ集まれば喜ぶ登志枝は、無邪気にいった。

「わざわざお呼び立てしたんですか、すみませんな」

溝渕専務が呆れたように登志枝を見た。

「ええ、これはちょっと専務にもお耳に入れて置きたいことですので」

「わしにも？」

「ハア、何しろ来月は総会でして。その前にお耳に入れたほうが……」

「総会？　総会に関係ある話かね」

俄《にわ》かに溝渕専務が傲岸《ごうがん》な表情をむき出しにした。いかにもKB建設を牛耳っている顔である。社長の病状は、先月末再び悪化し、次の総会での社長の退陣は、決定的であった。

そして、溝渕専務がその後に坐《すわ》るであろうことは、これまた明白であった。上原常務を中心とする社長派は、溝渕派六に対して、四の力しかないように見えていた。

「ハア、お聞きいただければ……」

「で、この人が交通事故の人と同じお名前だというのかね。それがＫＢ建設の総会と、どんな関係があるというのかね」

せせら笑う語調である。

「関係があるかないか、それは専務のご判断に委《まか》せます」

上原常務は落ちついた語調でいった。

「何だかむずかしそうなお話ですわね。そんなことより、このあなたと同じ名前の記事のこと、教えてくださらない？　トミ子さん」

登志枝が人のいい笑顔を向けると、冬美は冷ややかにいった。

「あの、わたし、川島トミ子なんかじゃないの」

「えっ!?　じゃ？……」

「わたしの名前は、ご主人がよくご存じよ」

「え!?　町沢が？」

「そうよ。ご存じないわけはないわ」

「あなた……トミ子さんのお名前知ってるの？」

登志枝は不安そうに、加奈彦の膝に手を置いた。加奈彦は宙に目を据《す》えたまま答えない。

「そろそろ、わたし、ことをはっきりさせようと思っていたのよ。そしたら偶然、今夜の記事が出たじゃない」

「何のことか、さっぱりわからないわ、わたし」

「そうねえ、わからないでしょうね。加奈彦さん。あなたが説明してお上げになったら？」

冬美はまっすぐに加奈彦を見た。冬美は加奈彦という名を、加奈彦に向って、久しぶりに発したのである。加奈彦の目は、依然として宙に坐ったまま動かない。

「さすがの加奈彦さんも、自分の口からはいえないでしょう。わたし、愉快だったわ。わたしがこちらのお隣りに現れてから、加奈彦さんは、絶えずびくびくしていたわねえ」

「そういえば、そうよ」

登志枝は思い出したようにうなずいて、

「どうしてびくびくしていたのかしら」

「おわかりにならない？　奥様。どうしてこの人がびくびくしていたか」

その時、溝渕専務が口をひらいた。

「ハハン、あんた、以前に町沢と関係のあった女だね」

「まあっ！　トミ子さんが、町沢と⁉」

　驚ろく登志枝の声に、押しかぶせるように再び溝渕専務がいった。

「大したことじゃないよ、登志枝。なあ上原君、男が結婚前に一人や二人、女がいたからって、そんなこと、どうっていうことはないでしょう」

「そうですかね」

　上原常務は、ゆっくりとタバコの煙をくゆらして、妻の琴子をかえりみた。

「そうですよ。上原君、あんた、そんなことが総会に影響を及ぼすとでも思っていたのかね」

　おかしくてならぬように、溝渕専務は笑った。答えて冬美がいった。

「専務さん。確かに女の一人や二人いたって、どうっていうことはないでしょう。現に、この人は、人妻の多畠井夫人と、ずっとつづいているんですから」

「えっ⁉　多畠井夫人と？　まあ、やっぱり……」

　登志枝は顔を引き吊らせて、

「あなた！　やっぱりあの奥さんと、まあひどいっ！　そしてこのトミ子さんとも⁉　何ていう人なの、あなたは」

　登志枝は加奈彦の肩を揺すった。

「登志枝、亭主に女の一人や二人いたからって騒ぐことはないよ」

少しひび割れたような専務の声が、変にドスの利《き》いた感じだった。
と、その時、音もなく田條が部屋に入って来た。

三

「おう、田條君、いいところに来たな。ま、こっちにかけ給え」

溝渕専務が、ほっとしたように、隣りの椅子をすすめた。

「いいところか、悪いところか知らないが……」

ニヤリと田條が笑った。

「いや、いいところだよ、君。実はね、この人が、町沢の女だったんだそうだ。そしてね、何とかいう女が人妻で、今もつづいているそうなんだよ。そんなことは田條君、男の世界じゃ珍しいことじゃないやねえ」

「ハア、何も珍らしいことじゃないですな。そのぐらいのことは、専務さんだってやってますわなあ」

「馬鹿をいいなさい、馬鹿を」

溝渕専務は苦笑した。

「専務の女は、わたしが知ってるだけでも、五指に余りますからな。確かに、女の一人や二人いることなど、珍らしくはありませんよ」

田條は黒眼鏡の奥からじっと溝渕専務を見つめたが、

「そんなことぐらいで、専務が社長になることを阻止なぞできませんよね」

と笑った。低いふくみ笑いが、妙に長くつづいた。

「そのとおりさ。ところがね、上原常務は、どうやら総会の前に耳に入れておきたいと、こういわれるんでね。で、どんな大きな事件かと、ちょっと心配したところさ」

「なあるほどね。ね、専務。女の一人や二人いたって、珍しくはありませんがねえ。しかし、こんなのはどうです」

膝の上の黒鞄《くろかばん》をひらいて、小型テープレコーダーをテーブルの上にのせた。

「何だね、それは」

「さあ、何でしょうね」

田條は加奈彦に目を据えた。加奈彦の頰《ほお》がひくひくとけいれんしている。

田條がボタンを押した。静かな音楽が流れている。と、すぐに加奈彦の声が聞えた。

「全く、あの冬美って女の子には、参ってしまいましたよ。妊娠してるっていわれたって、今更ねえ」

「ふーん、妊娠ねえ」

相槌《あいづち》を打っているのは田條だ。

「しかし、あんたが殺しを引受けてくれるっていうので、安心しましたよ」

さっと、溝渕専務の顔色が変った。

「まあっ！」

悲鳴に近い登志枝の声がした。

田條はテープを逆戻りさせて、再びそのせりふを流した。声がつづく。

「それで？　町沢さん」

「死体の見つからないほうがいいんじゃないんですか。死体さえ見つからなければ、足がつくことはありませんからね」

「じゃあ……」

「断崖から、海に突き落すとか」

「海じゃ、仏さんが浮き上りますよ」

「しかし、おもりをつけるといいっていうじゃないですか。とにかく、埋めたりするよりは、海に沈めたほうがいいんじゃないですか。ぼくの結婚前にやってくださいよ、必ず」

溝渕専務が手を伸ばしてスイッチを切った。歪《ゆが》んだ蒼白《そうはく》なその顔を、田條はニヤニヤと見た。

「田條っ！　何だこの真似は。お前はわしの陣営じゃなかったのか」

「はじめはねえ、あっしもそのつもりでしたがねえ」

「なにいっ？　そのつもりだったと？」

能面のように無表情な登志枝の顔を見つめて、田條はいった。

「俺は総会屋だがねえ、専務さん。あんたのやり方は、あっしは嫌いだった。第一に、あんたは、絶えずデマをつくり上げたでしょう。社長のことはもちろん、常務をはじめ敵方となれば誰彼《だれかれ》の差別なく、私生活をまことしやかに中傷しましたよねえ。母親が芸者だったの、夫婦仲が悪いの。息子が赤軍だの。金を横領しているだの。女の腐ったような根性で、際限もなくデマをつくっていたじゃないですか。その録音もありますがね。そのうちに娘婿《むすめむこ》の町沢が現れた。これがまた真心というものの一つもない男でね。非情なもんだ。今、お聞きのとおり、専務の娘と結婚するためなら、女の一人や二人殺しても平気な男さ。頭はいいかも知れねえが、人間、そんなに頭なんぞ切れなくてもいいんだ。真心のない人間が、頭だけ発達すると、悪知恵だけが残る。あっしはねえ、総会屋だが、殺し屋じゃない。人はあっしを殺し屋もやるような人間だと見ていたらしいが、それほどの悪党じゃない」

もはや、溝渕専務も黙したままだ。

冬美がいった。

「町沢さん」

加奈彦といわずに、町沢と冬美はいった。

「町沢さん、あなたが結婚するって聞いてから、わたし、思い切って上原常務さんのお宅に伺ったのよ。いつか東急ホテルのレストランに行く時、常務さんに会ったわ。あたたかくて、頭が低く、真実のある方だったわ。レストランで食事をしている時、あなたが、敵方の常務が来ているといったわね。敵方のほうが相談に乗ってくださると思ったのよ」

「……………」

「ちょうど、わたしが相談に行った時、田條さんがいらしたのよ。田條さんは、ちょうどこのテープを持って来たところだったわ」

上原常務がおもむろに口をひらいた。

「町沢君、その時ねえ、冬美さんには残酷だとは思ったがねえ。ぼくらはこのテープを冬美さんに聞かせてやったんだ。かわいそうに冬美さんは、泣いて半狂乱になったよ。ぼくに頼めば、もしかしたらよりを戻せるかも知れないと、冬美さんは思っていたのだろう。それがねえ、自分を殺す相談をしているあんたの声を聞いたんだからねえ。これはもう大変なショックだったよ」

冬美が再び言葉をつづけて、

「あの時からわたしは変ったのよ。別人になったのよ。あなたに復讐しようと思ったのよ。

わたしは田條さんの親戚の、大阪の小母《おば》さんの家に、一年ほど身をひそめたわ。そして関西弁も身についたわ。川島トミ子さんは同じご近所のお嬢さんだったわ。わたしにどこか似ていたわ。わたしは、あなたの前に現れるのに、別人のような、別人でないような女になろうと思ったのよ」

加奈彦の頭はぼんやりとしていた。ひどく近くでいわれているような、それでいてひどく遠くから聞えてくるような、ふしぎな感じだった。

「苦労したよなあ、冬美ちゃん。上原常務と相談してさ。先《ま》ずあの眼鏡を外させた。むろんコンタクトレンズをはめさせてね。それと、冬美という名を誰に呼ばれても、絶対にふり向かない訓練もしたよなあ。知った人に会っても知ったような顔もしない。ポーカーフェイスの練習もしたさ」

「殺されたと思えば、そんなこと何でもなかったわ。だから、愉快だったわ。あの結婚式場や、このお隣りであなたがいつもギョッとするのを見てね。わたしはそれを楽しんで見ていたの。幽霊になったようなつもりでね」

「冬美ちゃんだと知ったら、殺すにちがいないからね、君って奴《やつ》は。やむを得ず川島トミ子になりすませてさ。あんたから殺しの依頼を受けた時も、あっしは適当に相槌を打っておいたさ。あっしが引受けるといわなきゃあ、あんたは必ず自分でやった筈《はず》だ。あんたはそんなおっかない男でねえ」

「…………」

「ありがてえことに、あんたはあっしを、根っからの悪党だと信じていた。で、あっしが冬美ちゃんを、理想郷に連れ出した。近くのおせんころがしを見せたあと、あの理想郷の暗いトンネルを通って、崖《がけ》の上で冬美ちゃんをしめ殺し、ぐったりとなった体に石のおもりをつけて投げ落とした。そうあんたに報告したね。あんたは喜んだっけねえ。あっしを殺し屋だと信じこんでいたから、あんたは疑わんかったようだな」

その時、突如、溝渕専務が立ち上がった。

「この馬鹿者っ！　町沢っ！　貴様は……」

立ったまま、溝渕専務の体がぶるぶるとふるえた。

「大きな声を出しなさんな。ＫＢ建設の次期の社長ともあろう方が」

田條は笑った。

「町沢っ！　何とか言わんのか、何とか。このテープを総会で流されてみい……」

溝渕専務はテーブルを叩《たた》いた。田條がいった。

「流しますとも、むろん。こりゃあ、あんたのようにデッチ上げたデマじゃないんでねえ。掛《か》け値《ね》のない真実な話だ」

「田條っ！　それだけはやめてくれっ。頼む！」

「じゃ、やめましょう。上原常務だって、流すなといってるんですからねえ。常務は紳士ですわ」

「じゃ、テープは流さんのだな。常務」

「ハア、それで先ほど申し上げたわけです。田條君のいうとおり、総会で流すつもりなら、ここでお耳には入れません。あなたは手腕家ですが、ＫＢ建設にとって、必要な方とはどうしても思えないのです。今期を限りにご退陣願えれば、このテープは差し上げましょう」

上原常務の声はあくまで静かだった。

四

その夜登志枝は、加奈彦に固い表情を見せ、ひとことも口をきかなかった。加奈彦を完全に無視していた。父と同じ二階に、登志枝は自分の布団を敷いた。今まで加奈彦を信じ切っていただけに、登志枝は加奈彦を許すことができなかった。

冬美や上原常務たちが帰ったあと、溝渕専務だけが大声で怒鳴ったり、愚痴ったりしていた。

「加奈彦！　今夜限り、登志枝とは縁を切ってもらう！」

そう怒鳴ったかと思うと、

「おれは社長の座を目指して、今日までどれほど苦労して来たか、わからんのか。その社長の座が、今にも手に入る時になってだ、何ということをしてくれたんだ。あれじゃお前、殺人未遂じゃないか。幸い田條が殺さんでくれたからよかったものの、殺していたら殺人犯だぞ。そんな恐ろしいことをやったあとで、よくもまあ登志枝を嫁にもらったものだ。溝渕家とも、会社とも、貴様はもう、何の縁もゆかりもない人間だ」

と、くどくどと愚痴っては、また怒鳴った。そんな中で、加奈彦は只呆然《ただぼうぜん》としていた。

加奈彦には自分のしたことが、それほどに悪いとは思えない。加奈彦にとって問題なのは、折角苦労して結婚した登志枝と別れねばならぬということ、ようやく自分の行く手に光が見えたと思ったのに、その出世街道から外されたこと、それだけが頭の中にぐるぐると渦《うず》を巻いていた。

(会社も辞めるのか)

札幌での勤務を終えて本社に戻る時には、更にいいポストが待っている筈だった。加奈彦の胸の中に、父母の住む質素な家がぼんやりと浮かんだ。そこには、胃を半分切り取った黄色い顔の父と、その看病に疲れ果てた母がひっそりと暮らしている。あの家に自分は戻って行かねばならないのか。思っただけで加奈彦は絶望を感じた。加奈彦が夢見ていたのは、溝渕専務の娘婿らしく、将来は少なくとも経営重役陣の中に入ることだった。

(冬美の奴！　田條の奴！)

あの二人に、自分の一生は滅茶滅茶《めちゃめちゃ》にされたと、加奈彦はいいようもない憎しみを覚えた。

夜明けまで、溝渕専務は怒鳴ったり、泣きごとを言ったりし、時には加奈彦の頬《ほお》を幾度か殴った。くたびれ果てた専務が二階に引き上げた頃には、加奈彦も疲れ果てていた。

加奈彦は自分の寝室に入って、布団も敷いていないその部屋に、ぼんやりと坐《すわ》った。

朝が来た。七時過ぎに登志枝は目を覚ました。目を覚ましたといっても、登志枝はほとんど眠っていない。六時を過ぎてから僅《わず》かにうとうとまどろみ、そのまどろみの中でも、「殺人未遂」の四字が、大きく身に迫るのを感じては、ハッと目を覚ますのだった。こともあろうに、冬美と夫がエンゲージリングをかわすほどの間であったとは。しかもその冬美を、只出世のために殺そうとまでしたという。それはつまり、加奈彦が登志枝に何の愛もなく結婚したということでもある。加奈彦が欲しかったのは登志枝ではなく、専務の娘だったのだ。

昨夜、田條はポケットから紫の小箱を出し、その中から、加奈彦が冬美に与えたエンゲージリングを取り出して見せた。登志枝は血の流れがとまったような気がした。

「これに見覚えがおありでしょう」

田條は加奈彦の前にその指輪を置いた。加奈彦の目がかすかに動いた。田條が押しかぶせるようにいった。

「町沢さん、あんた覚えていますか。冬美ちゃんを殺したら、このエンゲージリングだけはまちがいなく持って来い、と言いましたね。証拠になっちゃ困るからと。で、あっしはこれを持ってあんたの所に来た。あんた喜んだねえ。が、この指輪を自分で持っていりゃあ万一の時に危ない。そう言ってあんたはあっしに預けた。その時のうれしそうな声も、ちゃんとあっしはテープに取ってありますぜ」

田條はカセットテープレコーダーを何台も用意していたのだ。昨夜も、田條のカバンの中でその場の様子が録音されていた。田條は帰り際にその一部をみんなに聞かせた。

「この馬鹿者！　町沢！　貴様っ！」

溝渕専務の怒声がそのまま再生された。

「町沢！　何とか言わんのか、何とか！　このテープを総会で流されてみい」

テーブルを叩いて怒鳴る声も、そのまままくり返し田條は聞かせた。

それらの声が、幾度も耳の中で鳴りひびき、登志枝も極度に疲れていた。いつもなら、もう朝食を加奈彦に取らせなければならぬ時間だった。が登志枝には、今朝はそんな気が全くなかった。しかし父の朝食の用意をしなければならない。登志枝は疲れた体をのろのろと、床から引きはがすように起こした。

階下に降りたが加奈彦の寝室はまだひっそりとしている。だが登志枝は加奈彦を起こす気にはならなかった。どうせ昨夜限り、自分とは縁の切れた人間なのだと、突き離すような思いであった。

登志枝は青ざめた自分の顔を洗面所の鏡に見ながら、髪にブラシをかけた。疲れているせいか、昨夜のことが、かなり遠い以前のことのようにも思える。頭の中に厚い膜でも張ったような感じだった。

溝渕専務が起きて来たのは、十時過ぎだった。

「何だ、加奈彦はまだ寝てるのか。ずうずうしい奴だ」

そう言って、専務はがらりと加奈彦の部屋の襖《ふすま》をあけた。

「あっ!」

驚愕《きょうがく》の声に登志枝が走り寄った。そこに見たのは、布団からはみ出して、のけぞるように倒れている蒼白《そうはく》な加奈彦の死に顔だった。その枕元に、ウイスキーの瓶と、時折使っていた睡眠薬の瓶が倒れていた。

五

冬美は今、房総《ぼうそう》の理想郷に来ていた。青い太平洋が、七月の陽《ひ》をきらきらと照り返していた。冬美のすぐ足もとから、真っすぐに切り立つ崖が海に落ちていた。思わず足を踏み外しそうなほどのその場に、先ほどから冬美は立っていた。

(ここからわたしが落されたことになっていたんだわ)

田條から聞かされたこの場所に、なぜか冬美は来たかった。

加奈彦が死んでひと月が過ぎた。

あの時の光景を冬美は決して忘れることはできない。

庭に出ていた冬美は、登志枝の悲鳴を聞いて思わず隣家に駆けつけた。冬美はハッと部屋の前に突っ立った。加奈彦は疲れ果てた顔をして死んでいた。次の瞬間、冬美は、異様な喜びが湧《わ》き上がって来るのを感じた。自分を裏切り、自分を殺そうとした男は死んだ。その喜びをおさえて、冬美はじっと加奈彦の死に顔を凝視していた。

が、三日経ち、十日経つうちに、冬美はいいようもない虚《むな》しさの中に沈んで行くのを、どうすることもできなかった。

上原常務の家にはじめて訪ねた時、田條の持って来たテープを聞いて、絶望を感じた時でさえ、今よりはまだ生きる力があった。北海道の父と母には一切を秘め、只しばらく関西に茶の稽古に行くとだけ知らせておいた。万一、自分のことを聞いてきた者には、決して住所を知らせてはならない。非常にしつこくつきまとう男がいるので、行方不明だと言っておいてほしいと、電話で話しておいた。何も知らない親たちは、北海道にすぐ帰って来るようにと言ったが、茶の修業さえすんだら帰ると言って、冬美は住所さえ知らせなかった。それは田條の入れ知恵でもあった。

「冬美ちゃん、君、町沢に復讐するつもりだろ。必らずおれが助けてやるから、おれの言うとおりに動け。いいな」

会う度に田條はそう言った。上原常務も非常に冬美をかわいがってくれた。生活費は上原常務から毎月きちんと送って来た。冬美には、加奈彦に裏切られた自分に、どうしてこんなにもこの二人が親切なのか、と感謝するだけで、事の真実がまだわからなかった。

「大阪で大阪弁を身につけるのだ」

田條はそう言って、冬美に東京を離れさせた。言葉がちがうということは、別人のような感じを与えるものだと、田條は言った。

大阪の街に出る度に、突然、

「冬美さん」

と呼ばれることがあった。それはすべて田條が計らったことだった。ふり返ると、見知らぬ女が、

「駄目じゃないの、ふり返っては」

と、叱りつけるように言ったものだ。

川島トミ子という名をつけてくれたのも、田條だった。そうした期間、冬美を支えたのは、加奈彦への復讐という目標であった。裏切られた深い傷手《いたで》が、かえって生きる力ともなった。

あの上原常務の結婚披露宴の時を、冬美は思い出す。あの日は川島トミ子になってからはじめて、加奈彦の前に姿を現わした日だった。加奈彦が登志枝と共に出席することを、上原常務も田條も予《あらかじ》め知っていた。加奈彦のテーブルのすぐうしろに、冬美の席を決めたのも田條だった。

あの日、冬美に気づいた加奈彦の、恐怖に満ちた表情を見た時、冬美は憎しみのうちにも思いがけない淋しさを感じた。田條の言ったとおり、加奈彦はこの自分を殺したのだ。確かに加奈彦自身が冬美をこの世から消し去ったことを、あの表情は明らかに物語っていた。

加奈彦の殺意は、テープで既に知っていたことではあっても、目《ま》のあたり見た加奈彦の

表情は冬美に新たな絶望を与えた。こんな男を自分は愛していたのか。こんな男と、一生を共にしようと、本気で自分は思っていたのか。そして体を許し、子供までも宿したのか。幸か不幸か、僅か三ヵ月で流産した小さな命を偲《しの》びながら、冬美はつくづくとそう思ったものだ。

披露宴の最中、キョロキョロと落ちつきなくあたりを見まわしていた加奈彦を、冬美はうしろからじっくりと観察していた。いつふり返られても、平然としていることのできる用意をして、冬美は加奈彦を観察していた。果たして加奈彦は冬美をふり向いた。そして再びギョッとした顔になった。だが冬美は、はじめて見るようなまなざしで、見返しただけだった。

しかし、覚悟していたとはいえ、加奈彦夫妻の睦《むつ》まじい姿を目の前に見たことは、いいがたい苦痛だった。おさえようとしても、おさえ切れない妬心《としん》が、むらむらと胸の中で燃えた。が、それがまた冬美の復讐心に油を注いだ。

札幌に加奈彦たちが転勤し、その隣家がいつも空いていると、いち早く調べたのは、やはり田條だった。

「願ってもない幸いですぜ」

田條は上原にそう言い、

「新婚早々の奥さんと、別居は辛いでしょうが、ま、一、二カ月のご辛抱です」

と、上原常務の妻の健康がすぐれないことを表向きの理由にし、冬美をつけて転地させたのも田條だった。

「名案でしょうが。朝に夕に、冬美ちゃんにそっくりのトミ子という女が、まわりに出没するんですからね。先《ま》ず奴《やっ》の神経が参って来ますよ。その参った頃を見計らって、例の冬美ちゃん殺しのテープを持ち込むってえ寸法ですよ。するってえとあの専務の娘が、泣いて家に帰るでしょう。そんなことが握られてると知りゃあ、さすがの溝渕も社長の座は断念するというもんですよ」

田條はそう言っていた。

が、ちょうどその頃、溝渕専務が札幌に出る用事が出来、折も折、実在の川島トミ子が交通事故に遭うというハプニングが起きたのだった。それが幸いして、一挙に事は決まった。

溝渕専務はさすがに体面を重んじた。自分の娘婿《むすめむこ》が、殺人を人に頼んだ。その証拠のテープを総会屋によって、総会で流されては収拾がつかない。次期の社長と目指されていた矢先だけに、溝渕専務の加奈彦への怒りは激しかった。そして加奈彦に辞職を迫り、離婚を迫った結果、加奈彦はあっけなく自殺した。

加奈彦も、突然のことで気が錯乱したのかも知れない。加奈彦にはひらきなおるほどの図太さはなかった。只逃げ場を失い、窮地におちいったとしか判断できなかったにちがいない。

　加奈彦が死んだあと、田條が上原常務に言っていた。

「上原常務、あっしなら死にやしませんな。テープってえのは、裁判じゃ確たる証拠品にはならないんですよ。奴《やっこ》さん、それを知らなかったんですな」

「しかし、まあ、これで社長派は安泰だから、めでたいじゃないですか」

　上原常務は笑った。

　今、冬美は遠い水平線に目をやりながら、その笑い声を思い出す。あれ以来、上原常務の言葉と笑い声が、なぜか度々思い出されてならないのだ。

　冬美が虚しさを覚えたのも、あの言葉を聞いたためであったかも知れない。上原常務も田條も、自分に親切にしてくれたのは、裏切られた自分に、復讐《ふくしゅう》させるためではなかったのだ。彼らの狙《ねら》いは、只《ただ》、溝渕派を失脚させるためにだけあったのだ。それでは、自分は只、社長派に利用されたに過ぎないではないか。

　それは結局は、この自分をないがしろにしたのと、同じではないか。冬美には、そんなふうに思われて仕方がなかった。

　それと共にもう一つ、冬美の中に思いがけないもう一人の自分が頭をもたげて来た。それは、加奈彦を愛していた頃の、冬美自身の心であった。

川島トミ子になってから、冬美は、本当に冬美という人間は加奈彦に殺されて、海の中に沈んだと思っていた。加奈彦が自分を見て驚ろく度に、冬美は冷たく快哉《かいさい》を叫んで来た。加奈彦を痛めつけることは心地よいことであった。それは、魔女のように、冷たく非人間的な喜びであった。

それが、加奈彦が死んで以来、日を経るに従って、自分を裏切った加奈彦の姿が、自分の胸から次第に消えて行った。そして、やさしく自分を愛撫《あいぶ》してくれた加奈彦だけが、確かな形を保って、冬美の胸の中に浮かび上がって来たのだった。

今、冬美は、加奈彦の死んだ姿を見た時、なぜ自分は喜びを感じたのだろうと、自分自身に問うていた。

(あの時わたしは、ほんとうにうれしかったのだ……それは……)

あの登志枝の手の届かない所に、加奈彦が去ってくれたという喜びもあったような気がする。いや、登志枝ばかりではない。多畠井瑛子の手も、最早決して届くことのない所に加奈彦は去った。それは浮気されるよりも夫に死んでほしいと願う、世の妻たちの思いに似ていた。

加奈彦が死ぬまでは、加奈彦のいる世界は、憎しみの世界であった。しかし憎む相手のいることは、生き甲斐《がい》でもあった。が、今、加奈彦のいない世界は虚しかった。淋しかった。日が経つにつれて、たとえ人の夫であったとしても、生きていてほしかったような思いさえする。しかも、善人だと思っていた上原常務も、結局は自分の復讐心を利用した経営陣の一人に過ぎなかったと知った今は、復讐した自分も復讐された加奈彦も、共に哀れに思われてならなかった。

結局は、溝渕派と社長派の間に挟《はさ》まれて、自分は加奈彦を死に追いつめる役を果しただけのような気がする。

（加奈彦さん）

冬美は胸の中で呟《つぶや》いた。七月の日の下に果てしなく広がる海が、冬美には東京という大都会に似ていると思った。この海の只中《ただなか》に投げこまれた時、人はその帰る方向を見失うだろう。太平洋の只中は、陸地の影もない、只海また海の限りない海原だと聞く。それは余りにも広過ぎて、人に道を迷わせるものだ。どこに進みどこに退いてよいのか、知ることはできない。東京という大都会も、それに似ている。

旭川という静かな地方都市から出て来た冬美にとって、東京は最初は自由の天地であった。何を着ようと何を飲もうと、誰と交際しようと、干渉するうるさい親も兄弟もない。右にでも左にでも、自分の思ったように生きていけるのが大都会だと思った。だがそれは広い迷路であった。しかもそれは、迷路とさえ気づかせない広い迷路であった。

いつしか冬美は、親もとでは決してしなかったであろう加奈彦との愛欲の生活を持った。それは余りにも早く熟したトマトに似ていた。都会が自分を孤独にし、その孤独が、自分の歩むべき道を失わせたと冬美は思った。

「加奈彦さん」

沖を行く白い船を見つめながら、冬美は呟いた。と、思いがけなく冬美の頬を涙がこぼれ落ちた。生きていることが、こんなにも淋しいものだとは。

冬美はじっと足もとを見おろした。崖下《がけした》の汀《みぎわ》に波が静かに打ち寄せている。澄んだ水だ。

（とにかくここから飛び降りるのだ）

冬美は再びそう思った。あの澄んだ水の底深く沈んで行く自分を思った。

「加奈彦さん」

加奈彦の名を呼ぶ度に、はじめて会った頃のやさしい加奈彦が胸に甦《よみがえ》ってくるようであった。

冬美は、左手の薬指にはめられたダイヤのエンゲージリングを見た。この指輪をはめて死んだなら、加奈彦のもとに行けるような気がした。今はもう、加奈彦への恨みも憎しみもない。只悲しみだけがあった。

田條も上原常務も、今は只うとましいだけだった。いや、人間全体がうとましく思われた。そしてそのうとましい中に自分もいた。只復讐するために、一心不乱に大阪弁に馴《な》れ、自分の名を呼ばれてもふり向きもしない、もう一人の自分をつくり上げた、そんな自分がうとましかった。

蒼《あお》い海を見つめれば見つめるほど、加奈彦一人を死なせたのは哀れに思われた。あの日加奈彦と並んで一緒に死んでいたならば……そんなことを冬美は思った。

いつしか夕風が吹き、長い夏の日がようやく終りに近づこうとしていた。東京の広い迷路に没した自分は、この太平洋の広い海に没すべきかも知れない。

冬美は静かに靴を脱いだ。父と母の顔が浮かんだ。妹の顔が浮かんだ。しかしその顔も、今の冬美を引き戻す力にはならなかった。広い迷路に迷いこんだ冬美に、戻る道はなかった。

冬美は祈るようにしっかりと両手の指を組んだ。加奈彦の傍《そば》に行けるという想いが、冬美を甘く包みこんだ。次の瞬間、冬美は海を目がけて身を踊らせていた。

〈底本について〉

この本に収録されている作品は、次の出版物を底本にして編集しています。

「三浦綾子全集　第七巻」主婦の友社　1992年4月8日（第1刷）

〈差別的表現について〉

作品本文中に、差別的表現とも受け取れる語句や言い回しが使用されている場合がありますが、著者が故人であることを考慮して、底本に沿った表現にしております。ご了承ください。

三浦綾子とその作品について

三浦綾子　略歴

1922　大正11年　4月25日
北海道旭川市に父堀田鉄治、母キサの次女、十人兄弟の第五子として生まれる。

1935　昭和10年　13歳
旭川市立大成尋常高等小学校卒業。

1939　昭和14年　17歳
旭川市立高等女学校卒業。
歌志内公立神威尋常高等小学校教諭。

1941　昭和16年　19歳
神威尋常高等小学校文珠分教場へ転任。
旭川市立啓明国民学校へ転勤。

1946　昭和21年　24歳
啓明小学校を退職する。
肺結核を発病、入院。以後入退院を繰り返す。

1948　昭和23年　26歳
幼馴染の結核療養中の前川正が訪れ交際がはじまる。
1952　昭和27年　30歳
脊椎カリエスの診断が下る。
1954　昭和29年　32歳
小野村林蔵牧師より病床で洗礼を受ける。
前川正死去。
1955　昭和30年　33歳
三浦光世と出会う。
1959　昭和34年　5月24日　37歳
三浦光世と日本基督教団旭川六条教会で中嶋正昭牧師司式により結婚式を挙げる。
1961　昭和36年　39歳
新居を建て、雑貨店を開く。
1962　昭和37年　40歳
『主婦の友』新年号に入選作『太陽は再び没せず』が掲載される。

三浦綾子とその作品について

1963　昭和38年　41歳
朝日新聞一千万円懸賞小説の募集を知り、一年かけて約千枚の原稿を書き上げる。

1964　昭和39年　42歳
朝日新聞一千万円懸賞小説に『氷点』入選。
朝日新聞朝刊に12月から『氷点』連載開始（翌年11月まで）。

1966　昭和41年　44歳
『氷点』の出版に伴いドラマ化、映画化され「氷点ブーム」がひろがる。
『塩狩峠』の連載中から口述筆記となる。

1981　昭和56年　59歳
初の戯曲「珍版・舌切り雀」を書き下ろす。
旭川市公会堂にて、旭川市民クリスマスで上演。

1989　平成元年　67歳
結婚30年記念CDアルバム『結婚30年のある日に』完成。

1994　平成6年　72歳
『銃口』刊行。最後の長編小説となる。

1998　平成10年　76歳
三浦綾子記念文学館開館。
1999　平成11年　77歳
10月12日午後5時39分、旭川リハビリテーション病院で死去。

没後

2008　平成20年
開館10周年を迎え、新収蔵庫建設など、様々な記念事業をおこなう。
2012　平成24年
生誕90年を迎え、電子全集配信など、様々な記念事業をおこなう。
2014　平成26年
『氷点』デビューから50年。「三浦綾子文学賞」など、様々な記念事業をおこなう。
10月30日午後8時42分、三浦光世、旭川リハビリテーション病院で死去。90歳。

２０１６　平成28年
『塩狩峠』連載から50年を迎え、「三浦文学の道」など、様々な記念事業をおこなう。
２０１８　平成30年
開館20周年を迎え、分館建設、常設展改装など、様々な記念事業をおこなう。
２０１９　令和元年
没後20年を迎え、オープンデッキ建設、氷点ラウンジ開設などの事業をおこなう。
２０２２　令和４年
三浦綾子生誕100年を迎え、三浦光世日記研究とノベライズ、作品テキストや年譜のデータベース化、出版レーベルの創刊、作品のオーディオ化、合唱曲の制作、学校や施設等への図書贈呈など、様々な記念事業をおこなう。

三浦綾子　おもな作品　（西暦は刊行年※一部を除く）

1962　『太陽は再び没せず』（林田律子名義）
1965　『氷点』
1966　『ひつじが丘』
1967　『愛することと信ずること』
1968　『積木の箱』『塩狩峠』
1969　『道ありき』『病めるときも』
1970　『裁きの家』『この土の器をも』
1971　『続氷点』『光あるうちに』
1972　『生きることと思うこと』『自我の構図』『帰りこぬ風』『あさっての風』
1973　『残像』『愛に遠くあれど』『生命に刻まれし愛のかたみ』『共に歩めば』
『死の彼方までも』
1974　『石ころのうた』『太陽はいつも雲の上に』『旧約聖書入門』
1975　『細川ガラシャ夫人』

三浦綾子とその作品について

1976　『天北原野』『石の森』
1977　『広き迷路』『泥流地帯』『果て遠き丘』『新約聖書入門』
1978　『毒麦の季』『天の梯子』
1979　『続泥流地帯』『孤独のとなり』『岩に立つ』
1980　『千利休とその妻たち』
1981　『海嶺』『イエス・キリストの生涯』『わたしたちのイエスさま』
1982　『わが青春に出会った本』『青い棘』
1983　『水なき雲』『三浦綾子作品集』『泉への招待』『愛の鬼才』『藍色の便箋』
1984　『北国日記』
1985　『白き冬日』『ナナカマドの街から』
1986　『聖書に見る人間の罪』『嵐吹く時も』『草のうた』『雪のアルバム』
1987　『ちいろば先生物語』『夕あり朝あり』
1988　『忘れえぬ言葉』『小さな郵便車』『銀色のあしあと』
1989　『それでも明日は来る』『あのポプラの上が空』『生かされてある日々』
『あなたへの囁き』『われ弱ければ』
1990　『風はいずこより』

1991　『三浦綾子文学アルバム』『三浦綾子全集』『祈りの風景』『心のある家』
1992　『母』
1993　『夢幾夜』『明日のあなたへ』
1994　『キリスト教・祈りのかたち』『銃口』『この病をも賜ものとして』
　　　『小さな一歩から』『幼な児のごとく——三浦綾子文学アルバム』
1995　『希望・明日へ』『新しき鍵』『難病日記』
1996　『命ある限り』
1997　『愛すること生きること』『さまざまな愛のかたち』
1998　『言葉の花束』『綾子・大雪に抱かれて』『雨はあした晴れるだろう』
　　　『ひかりと愛といのち』
1999　『三浦綾子対話集』『明日をうたう命ある限り』『永遠に　三浦綾子写真集』
2000　『遺された言葉』『いとしい時間』『夕映えの旅人』『三浦綾子小説選集』
2001　『人間の原点』『永遠のことば』
2002　『忘れてならぬもの』『まっかなまっかな木』『私にとって書くということ』
2003　『愛と信仰に生きる』『愛つむいで』
2004　『「氷点」を旅する』

三浦綾子とその作品について

2007　『生きることゆるすこと　三浦綾子　新文学アルバム』
2008　『したきりすずめのクリスマス』
2009　『綾子・光世　響き合う言葉』
2012　『丘の上の邂逅』『三浦綾子電子全集』
2014　『ごめんなさいといえる』
2016　『国を愛する心』『三浦綾子　366のことば』
2018　『一日の苦労は、その日だけで十分です』
『信じ合う　支え合う　三浦綾子・光世エッセイ集』
2020　『カッコウの鳴く丘』（小冊子）
2021　『雨はあした晴れるだろう』（増補復刊）『三浦綾子祈りのことば』
2022　『平凡な日常を切り捨てずに深く大切に生きること』
『愛は忍ぶ　三浦綾子物語――挫折が拓いた人生』
『三浦綾子生誕100年記念文学アルバム　――ひかりと愛といのちの作家』

三浦綾子とその作品について

難波真実（三浦綾子記念文学館 事務局長）

三浦綾子の生涯

三浦綾子は1922年4月25日に旭川《あさひかわ》で誕生しました。地元の新聞社に勤める父・堀田鉄治と母・キサの五番めの子どもでした。大家族の中で育ち、特に祖母の影響が強かったのでしょうか、お話の世界が好きで、よく本を読んでいたようです。文章を書くことも好きだったようで、小さい頃からその片鱗がうかがえます。13歳の頃に幼い妹を亡くし、死と生を考えるようになりました。この妹の名前が陽子で、『氷点』のヒロインの名前となりました。

綾子は女学校卒業後、16歳11ヶ月で歌志内《うたしない》市（旭川から約60キロ南）の小学校に代用教員として赴任します。当時は軍国教育の真っ只中。綾子も一途に励んでおりました。

そんな中で1945年8月、日本は敗戦します。それに伴い、教育現場も方向転換しました。教科書への墨塗りもその一例です。そのことが発端となってショックを受け、生徒たちへの責任を重く感じた綾子は、翌年3月に教壇を去りました。私の教えていたことは何だったのか。正しいと思い込んで一所懸命に教えていたことが、まるで反対だったと、失意の底に沈みました。

しかし一方で、彼女の教師経験は作品を生み出す大きな力となりました。『積木の箱』『泥流地帯』『天北原野』など、多くの作品で教師と生徒の関わりの様子が丁寧に描かれていて、綾子が生徒たちに向けていた温かい眼差しがそこに映しだされています。また、綾子最後の小説『銃口』で、北海道綴方《つづりかた》教育連盟事件という出来事を描いていますが、教育現場と国家体制ということを鋭く問いかけました。

さて、教師を辞めた綾子は結婚しようとするのですが、結納を交わした直後に病気にかかります。肺結核でした。人生に意味を見いだせない綾子は婚約を解消し、オホーツクの海で入水自殺を図ります。間一髪で助かったものの自暴自棄は変わらず、生きる希望を失ったままでした。そしてさらに、脊椎カリエスという病気を併発し、絶対安静という療養生活に入ります。ギプスベッドに横たわって身動きできない、そういう状況が長く続きました。

しかしある意味、この闘病生活が綾子の人生を大きく方向づけました。療養が始まって2年半が経った頃、幼なじみの前川正という人に再会し、彼の献身的な関わりによって綾子は人生を捉え直すことになります。人はいかに生きるべきか、愛とはなにかということを綾子はつかんでいきました。前川正を通して、短歌を詠むようになり、キリスト教の信仰を持ちました。作家として、人としての土台がこの時に形作られたのです。

前川正は綾子の心の支えでしたが、彼もまた病気であり、結局、綾子を残してこの世を去ります。綾子は大きなダメージを受けました。それから1年ぐらい経った頃、綾子が参加していた同人誌の主宰者によるきっかけで、ある男性が三浦綾子を見舞います。この人が、三浦光世。後に夫になる人です。光世は綾子のことを本当に大事にして、愛して、結婚することを決めるのです。病気の治るのを待ちました。もし、治らなくても、自分は綾子以外とは結婚しないと決めたのですが、4年後、綾子は奇跡的に病が癒え、本当に結婚することができたのです。

結婚した綾子は雑貨店「三浦商店」を開き、目まぐるしく働きます。そんな折に弟から手渡された朝日新聞社の一千万円懸賞小説の社告を見て、1年かけて約千枚の原稿を書き上げました。それがデビュー作『氷点』。42歳の無名の主婦が見事入選を果たします。テレビドラマ、映画、舞台でも上演されて、氷点ブームを巻き起こしました。

一躍売れっ子作家となった綾子は『ひつじが丘』『積木の箱』『塩狩峠』など続々と作品を発表します。テレビドラマの成長期とも重なり、作家として大活躍しました。光世は営林局に勤めていたのですが、作家となった綾子を献身的に支えました。『塩狩峠』を書いている頃から綾子は手が痛むようになり、光世が代筆して、口述筆記のスタイルを採るようになりました。それからの作品はすべてそのスタイルです。光世は取材旅行にも同行しました。文字通り、夫婦としても、創作活動でもパートナーとして歩みました。

1971年、転機が訪れます。主婦の友社から、明智光秀の娘の細川ガラシャを書いてくれとの依頼があり、翌年取材旅行へ。これが初の歴史小説となり、『泥流地帯』『天北原野』『海嶺』などの大河小説の皮切りとなりました。三浦文学の質がより広く深くなったのです。同じく歴史小説の『千利休とその妻たち』も好評を博しました。

ところが1980年に入り、「病気のデパート」と自ら称したほどの綾子は、その名の通り次々に病気にかかります。人生はもう長くないと感じた綾子は、伝記小説をその頃から多く書きました。クリーニングの白洋舎を創業した五十嵐健治氏を描いた『夕あり朝あり』は、激動の日本社会をも映し出し、晩年の作品へとつながる重要な作品です。

1990年に入り、パーキンソン病を発症した綾子は「昭和と戦争」を伝えるべく、最後の力を振り絞って『母』『銃口』を書き上げました。〝言葉を奪われる〟ことの恐ろしさと、そこに加担してしまう人間の弱さをあぶり出したこの作品は、「三浦綾子の遺言」と称され、日本の現代社会に警鐘を鳴らし続けています。

綾子は、最後まで書くことへの情熱を持ち続けた人でした。そして光世はそれを最後まで支え続けました。手を取り合い、理想を現実にして、愛を紡ぎつづけた二人でした。

そして１９９９年10月12日、77歳でこの世を去りました。旭川を愛し、北海道を〝根っこ〟にして書き続けた35年間。単著本は八十四作にのぼり、百冊以上の本を世に送り出しました。今なお彼女の作品は、多くの人々に生きる希望と励ましを与え続けています。

三浦綾子とその作品について

この「手から手へ～三浦綾子記念文学館復刊シリーズ」は、〝紙の本で読みたい〟という三浦綾子文学ファンの声に応えるため、絶版や重版未定のまま年月が経過した作品を、三浦綾子記念文学館が編集し、本にしたものです。

〈シリーズ一覧〉

(1) 三浦綾子『果《は》て遠《とお》き丘《おか》』(上・下) 2020年11月20日

(2) 三浦綾子『青《あお》い棘《とげ》』 2020年12月1日

(3) 三浦綾子『嵐《あらし》吹《ふ》く時《とき》も』(上・下) 2021年3月1日

(4) 三浦綾子『帰《かえ》りこぬ風《かぜ》』 2021年3月1日

(5) 三浦綾子『残像《ざんぞう》』（上・下）　２０２１年７月１日

(6) 三浦綾子『石《いし》の森《もり》』　２０２１年７月１日

(7) 三浦綾子『雨《あめ》はあした晴《は》れるだろう』（増補）　２０２１年10月１日

(8) 三浦綾子『広《ひろ》き迷路《めいろ》』　２０２１年10月30日

(9) 三浦綾子『裁《さば》きの家《いえ》』　２０２３年２月14日

(10) 三浦綾子『積木《つみき》の箱《はこ》』　２０２３年春頃刊行予定

ほか、公益財団法人三浦綾子記念文化財団では左記の出版物を刊行しています（刊行予定を含む）。

〈氷点村文庫〉

⑴『おだまき』（第一号 第一巻） ２０１６年12月24日 ※絶版

⑵『ストローブ松《まつ》』（第一号 第二巻） ２０１６年12月24日 ※絶版

〈記念出版〉

(1)『合本特装版《がっぽんとくそうばん》　氷点《ひょうてん》・氷点《ひょうてん》を旅《たび》する』　２０２２年4月25日

(2)『三浦綾子《みうらあやこ》生誕《せいたん》100年記念《ねんきねん》アルバム　──ひかりと愛といのちの作家』　２０２２年10月12日

〈横書き・総ルビシリーズ〉

(1)『横書《よこが》き・総《そう》ルビ　氷点《ひょうてん》』（上・下）　２０２２年９月30日

(2)『横書《よこが》き・総《そう》ルビ　塩狩峠《しおかりとうげ》』　２０２２年８月１日

(3)『横書《よこが》き・総《そう》ルビ　泥流地帯《でいりゅうちたい》』　２０２２年８月１日

(4)『横書《よこが》き・総《そう》ルビ　続泥流地帯《ぞくでいりゅうちたい》』　２０２２年８月15日

(5)『横書《よこが》き・総《そう》ルビ　道《みち》ありき』　２０２２年９月１日

(6)『横書《よこが》き・総《そう》ルビ　細川《ほそかわ》ガラシャ夫人《ふじん》』（上・下）　２０２２年12月25日

〈読書のための「本の一覧」のご案内〉

三浦綾子記念文学館の公式サイトでは、三浦綾子文学に関する本の一覧を掲載しています。読書の参考になさってください。左記URLあるいはQRコードでご覧ください。

https://www.hyouten.com/dokusho

ミリオンセラー作家《さっか》　**三浦綾子《みうらあやこ》**

1922年《ねん》北海道《ほっかいどう》旭川《あさひかわ》市《し》生《う》まれ。小学校《しょうがっこう》教師《きょうし》、13年《ねん》にわたる闘病生活《とうびょうせいかつ》、恋人《こいびと》との死別《しべつ》を経《へ》て、1959年《ねん》三浦光世《みうらみつよ》と結婚《けっこん》し、翌々《よくよく》年《ねん》に雑貨店《ざっかてん》を開《ひら》く。

1964年《ねん》小説《しょうせつ》『氷点《ひょうてん》』の入選《にゅうせん》で作家《さっか》デビュー。約《やく》35年《ねん》の作家生活《さっかせいかつ》で84にものぼる単著作品《たんちょさくひん》を生《う》む。人《ひと》の内面《ないめん》に深《ふか》く切《き》り込《こ》みながらそれでいて地域風土《ちいきふうど》に根《ね》ざした情景描写《じょうけいびょうしゃ》を得意《とくい》とし〝春《はる》を待《ま》つ〟北国《きたぐに》の厳《きび》しくも美《うつく》しい自然《しぜん》を謳《うた》い上《あ》げた。1999年《ねん》、77歳《さい》で逝去《せいきょ》。

広き迷路

手から手へ ～ 三浦綾子記念文学館復刊シリーズ ⑧

令和三年十月三十日　初版発行
令和五年二月十四日　第二刷発行

著　者　三浦綾子
発行者　田中　綾
発行所　公益財団法人三浦綾子記念文化財団
〒〇七〇―八〇〇七
北海道旭川市神楽七条八丁目二番十五号
電話　〇一六六―六九―二六二六
https://www.hyouten.com
価格はカバーに表示してあります。
印刷所　三浦綾子記念文学館・株式会社あいわプリント
製本所　有限会社すなだ製本

 ISBN 978-4-9908389-9-7